「……ぁ、あ……」
「上手に達せましたね、エイヴリル様。初めてとは思えない敏感でいやらしい身体です」
「ふ、ぁ……」
臍の下、下腹を淫らな手つきで撫でられ、たったそれだけの刺激からでも淫悦を灯される。

悪役令嬢は没落後、伯爵の歪んだ溺愛に翻弄される

山野辺りり

Illustration
ウエハラ蜂

gabriella

悪役令嬢は没落後、伯爵の歪んだ溺愛に翻弄される

contents

gabriella

イラスト／ウエハラ蜂

悪役令嬢は没落後、伯爵の歪んだ溺愛に翻弄される

プロローグ

——どうしてこんな事態になったのだっけ……

もう何度目か知れない疑問が頭に浮かび、エイヴリルはこぼれそうになる溜《た》め息《いき》を呑《の》みこんだ。

隣に立っているのは、目も眩《くら》むほどの美丈夫《びじょうふ》。

ちらりと視線を横に走らせれば、銀糸《ぎんし》の刺繍《ししゅう》を施された白い衣装を纏《まと》った長身の男が、姿勢よく前を向いている。

耳に届くのは神父《しんぷ》のありがたいお言葉だけ。無駄口を叩《たた》く者は誰もいない。

ステンドグラスから入りこむ厳《おごそ》かな光が、エイヴリルの身に着けている純白のドレスに美しい模様を描いていた。手にしたブーケも白い花。

耳や首を飾るのは、純潔を象徴する見事な真珠《しんじゅ》。これほど大粒で照りのいい品なら、きっと恐ろしいほど値が張ったことだろう。

間違いなく、エイヴリルは今この場で誰よりも豪華に着飾った主役だった。

当たり前だ。今日はエイヴリルと彼——クリスティアンとの結婚式なのだから。

――ああ……本当に何がどうしてこうなったのだっけ……？

何度考えても理解できない。いや、本当は分かっている。

重々《じゅうじゅう》納得して、自ら選んだ道だ。しかしそれでも心が追いついて来ない。

エイヴリルは盗み見る視線を僅《わず》かに上げ、彼の横顔に視線を走らせた。

漆黒《しっこく》の瞳はまるで黒曜石《こくようせき》だ。対峙《たいじ》した者に知性と意志の強さを感じさせ、老若男女問わず魅了する。芸術的に整った容貌《ようぼう》は、人ならぬものと言われれば信じてしまいそう。

醸《かも》し出される優しげな雰囲気に惑《まど》わされ、どれだけの人が心奪われてきたのだろう。

上流階級ではあまり好まれない、燃えるような赤毛さえクリスティアンの魅力を損《そこ》なうものではなかった。むしろ新たな美しさや価値観を提示してくる。おそらく今後は彼を真似《まね》、わざと自らの髪を赤に染める者すら出てくるのではないだろうか。

端的に言えば、とてつもない美形である。

更に言うなら、細身の衣装を見事に着こなす引き締《し》まった体躯《たいく》に長い手足。しかも現在飛ぶ鳥を落とす勢いのシャンクリー伯爵家令息という身分。これで人々の注目を集めないわけがない。

列席者の席では、先ほどから感嘆の溜め息が漏《も》れっ放しだった。

その対象が花嫁である自分ではなく、新郎のクリスティアンに注がれていることくらいは察している。

――こんなに恵まれた条件が揃《そろ》っているクリスティアンが、何故私を選んだの？

ついひと月前までエイヴリルと彼は恋人同士ではなかった。それどころか、友人でさえない。精々《せいぜい》が知り合い――それも子供時代、ほんの一時期を共有しただけだ。

一般的に考えれば、幼馴染《おさななじみ》と呼べるのかもしれない。だが、エイヴリルとクリスティアンはそんな懐かしさや甘酸っぱさが含まれる関係性ではなかった。

――やっぱり、どう考えても報復《ほうふく》、よね……

再度こみ上げてきた溜め息を飲み下し、エイヴリルは目を閉じた。

考えても仕方ない。自分はそれだけのことを彼にしたのだ。

過去の過《あやま》ちをいくら悔《く》やんでも、取り返しのつかないことはある。落ちぶれたエイヴリルをいたぶって留飲《りゅういん》を下げたいとクリスティアンが望むのなら、受け入れるしかあるまい。

――謝罪すら受けつけてくれないほど憎《にく》まれているんだもの……まぁ、どう考えても私が全面的に悪いんだけど……

後悔先に立たず。

かつての己《おのれ》の所業を思い出し、自己嫌悪で死ねると思った。

我ながら、本当にどうしようもない酷《ひど》い女だった。子どもだったなんて言い訳は到底通らないだろう。

加害者は忘れても、被害者は絶対に忘れないものだ。

ならば償《つぐな》う方法は一つだけ。

「――では誓いの口づけを」

神父の言葉でクリスティアンと向かい合ったエイヴリルはベールを彼に持ち上げられた。

鮮明になった視界の中、柔和《にゅうわ》な笑みを浮かべたクリスティアンがこちらを見下ろしてくる。けれど、黒い双眸《そうぼう》の奥は感情を読ませない冷たさを孕《はら》んでいた。少なくとも、エイヴリルにはそう見える。

昔からそうなのだ。

彼は誰にでも優しく公平に親切で――『特別』がなかった。それは『どうでもいい』と思われているのと変わらないとエイヴリルは思っている。

好きの反対は『嫌い』じゃない。無関心だ。

何とも思っていない相手だから平等に接することができ、いくらでも空っぽの言葉や笑顔を振《ふ》り撒《ま》くことが可能。幼いながら、そう感じていた。

捻《ひね》くれて穿《うが》った見方なのかもしれない。だがエイヴリルには妙な確信があった。

――この人は、『私』を全然見てくれていない――

だからこそ自分は、あんな愚《おろ》かな行為を繰り返さずにはいられなかったのだ。今更何を言い繕《つくろ》ったところで、言い訳にしかならないけれども。

――だけど考えてみれば、大嫌いな私と結婚しなければならないこの人も可哀想《かわいそう》よね……

こうなったことに戸惑いはあっても、怒りや恨《うら》みは一切ない。逆にエイヴリルの胸に宿るのは、クリスティアンに対する憐憫《れんびん》だ。

いくら一番の理由が『とある目的』を達成するためだとしても、彼は不本意に決まっている。

おそらく本心では、うんざりしているはずだ。

エイヴリルがつい同情の籠《こも》った眼差《まなざ》しを向けると、彼は微《かす》かに瞳を眇《すが》めた。

「……今更、取り消しはできませんよ」

「取り消しなんて、しません」

列席者には聞こえない程度の声で、囁《ささや》き合う。傍《はた》から見れば、情熱的に見つめ合っているように映ったかもしれない。

しかし実際は睨《にら》み合うかのような緊張感に満ちていた。

「……そうですか。でしたら結構です」

皮肉な形にクリスティアンの唇が歪《ゆが》む。普段温和な空気を漂わせている彼には似つかわしくない表情。

それだけ、この婚姻が本心では嫌で堪《たま》らないのだろう。さもありなん。

これは、結婚という名の契約。そして贖《あがな》い。

互いに利益のある、利用し合う関係。ただしエイヴリルの方が格段に立場が弱い。

――ああ……まさかかつての悪行《あくぎょう》がこんな形で返ってくるとは思わなかったわ……

罵《のの》られたり、罰《ばつ》を受けたりすることは想定していた。しかしまさかクリスティアンの報復方法が『結婚』だなんて予想の遥《はる》か斜め上だ。

――人生って、皮肉《ひにく》ね。改心し、やり直し始めた矢先にこんなことになるなんて、考えもしなかったわ……

二度と戻ることはないと思っていた貴族社会。

しかしこれからエイヴリルは、シャンクリー伯爵家の一員になる。そしてゆくゆくは伯爵夫人になるはずだ。

そのために『買われた』花嫁なのだから。

ゆっくりとクリスティアンの秀麗《しゅうれい》な顔が近づいてくる。男女交際などしたことのないエイヴリルは、いつ目を閉じればいいのかも分からず、じっと彼の顔貌《かおかたち》を凝視してしまった。

至近距離で見つめても、滑《なめ》らかな肌に長い睫毛《まつげ》。見惚《みと》れてしまうのは仕方あるまい。

いくら冷静を装ったところで、実際は初めて尽《づ》くしの体験にいっぱいいっぱいだったのだ。

しかしそんなエイヴリルの動揺をいっさい斟酌《しんしゃく》することなく、彼は口づけてきた。それも軽く触れ合うだけのキスではない。

食らわれるかの如《ごと》く、深く激しく――驚きのあまり緩《ゆる》んだエイヴリルの歯列を割り、肉厚の舌まで滑り込ませて。

「……ふ、ぁ……っ?」

生まれて初めての口づけは、強く背中を抱かれたため、身体を後方に反《そ》らせることすら叶《かな》わなかった。

抱《だ》き竦《すく》めてくるクリスティアンの腕の力に容赦はなく、『逃がさない』と雄弁《ゆうべん》に告げてくる。

しかも時間が長い。長過ぎる。

息の仕方など知らないエイヴリルは、本当に酸欠になるかと思った。だが抵抗しようにも両腕ごと抱《かか》え込まれている状態ではどうにもならない。その上、拒否できる身の上ではないのだ。

結果的に、暴力に等しいキスを彼が満足するまで受け止め続けるしかなかった。

「ぷはっ……！」

ようやく唇を解放された時には、もはや意識朦朧《もうろう》になっていた。膝《ひざ》はガクガクしているし、全身から力が抜けている。さながら、生まれたての小鹿《こじか》である。

辛《かろ》うじて立っているだけのエイヴリルは、潤《うる》んだ瞳を瞬《まばた》いた。

「――これで貴女《あなた》は僕のものですね。よろしく、奥様」

霞《かす》む視界の中には、エイヴリルの夫となった男が悠然《ゆうぜん》と微笑《ほほえ》んでいた。

第一章　求婚は計画的に

「お嬢様！　そのようなこと私がいたしますので！」

剥《む》いていたジャガイモとナイフを奪われ、エイヴリルは呆気《あっけ》にとられ、キーラを見上げた。広い厨房《ちゅうぼう》の片隅で小さな椅子に腰かけ、大量の野菜と格闘している最中だったのに。

「返して、キーラ。それは私の仕事よ」

「何をおっしゃいます。お嬢様に刃物なんて危険なものを持たせるわけにはいきません！」

叫ぶ老女は、立腹しているわけではない。その証拠に、瞳を潤ませて顔を歪ませた。

「ああ……私が情けないばかりに、エイヴリルお嬢様にこんなご苦労をおかけして……申し訳ありません。旦那様にも何とお詫《わ》びすればいいのやら……」

「ええーと……色々言いたいことはあるけど、まず初めに、貴女は本当に良くしてくれているわ。充分よ。それから私はもうふんぞり返っているだけのお嬢様じゃないの。働かないと生きていけないし、ジャガイモの皮剥きは与えられた大切な仕事よ。別に苦労でも何でもないわ。で、これは何度も言っているけど、そもそも私の境遇はお父様のせいなのだから、お詫びは必要ないのではないかしら？」

淀《よど》みなくエイヴリルが言い募《つの》ると、キーラは眦《まなじり》を吊《つ》り上げた。

「またそのようなことをおっしゃって！　確かにアディソン伯爵家が困窮したのは、旦那様が賭博《とばく》で借金をしたまま急死なさったせいですけれども……っ、エイヴリルお嬢様が誉《ほま》れ高き伯爵家の一員であることに変わりはありません！」

エプロンの端を握り締めた彼女は、地団太踏《じだんだ》む勢いで主張した。

どうやらいつものやりとりで元気を取り戻したらしい。嘆《なげ》き悲しんでいるよりも、怒っている方がまだマシだ。

そう思い、エイヴリルは両手を広げわざとらしく首を傾《かし》げた。

「あのね、ばあや。矜持《きょうじ》や身分だけじゃお腹《なか》は膨れないのよ？　幸い近年では女性の仕事は沢山あるわ。真面目に働いていれば人並みの生活を送れるんだもの。感謝しなきゃ」

「人並みだなんて……！　エイヴリルお嬢様はアディソン伯爵家の大切な一人娘でいらっしゃいます。本来であればもっと――」

「はいはい。昔の話よ。そんな過去のことより、今大事なのはジャガイモの皮剥きでしょ。ほら、ナイフを返して。間に合わなくなっちゃう」

キーラからナイフを奪い返すと、エイヴリルは手際よく皮剥きを再開した。慣れた手つきで大量のジャガイモを処理してゆく。

「うふふ、どう？　ばあや。上手《うま》くなったと思わない？　私、ナイフを扱う才能があるかもしれないわ」

「え、ええ。最初の頃は残っている身がないほど分厚く皮を剥いていらっしゃいましたものね。しょっちゅう指を切っていらっしゃいましたし……」

自信満々にエイヴリルが言えば、勢いに押されたのかキーラが頷《うなず》いた。

こうなれば、こちらのペースだ。

「でしょう！　何事も無駄な経験なんてないのよ。もし家が没落していなかったら、私はこういった才能を埋もれさせたままだったわ。勿体《もったい》ないと思わない？　だから現状は悪いことばかりじゃないのよ」

「……お嬢様、逞《たくま》しく立派になられて……」

前向きに笑い、エイヴリルは最後のジャガイモも剥き終えた。続いて取りかかるのは人参《にんじん》だ。

「ほら、ばあやも仕事があるでしょう。私は一人で大丈夫だから早く行って。クビになったら困っちゃう」

放っておくとまた湿っぽく涙ぐみそうになるキーラを追い立てる。

エイヴリル自身は本気でこの現実を憂えてはいないのだが、キーラは何年経《た》っても半信半疑のままだ。

それはそうだろう。

エイヴリルが生まれたアディソン伯爵家は歴史のある名家だった。権勢を揮《ふる》い、王家との繋《つな》がりも深い裕福な家柄だったのだ。

生まれた時から蝶《ちょう》よ花よと育てられたエイヴリルは、当然ながら労働など縁がなく箱入り娘として成長した。赤子の当時から見守ってきたキーラにしてみれば、現状は歯がゆくて堪《たま》らないのだろう。

落ちぶれた哀《あわ》れなお嬢様――そう憐《あわ》れんでいるのがありありと伝わってくる。

何度平気だとエイヴリルが訴えたところで、強がっている程度に思っているのかもしれない。

――昔の私は、日傘より重いものを持ったことがなかったし、自分の足で歩くことさえほとんどなかったものね……ばあやの気持ちも分からなくはないわ。

全てが変わったのは四年前。エイヴリルが十五歳になった年。

もともと浪費癖のあった父親だが、博打《ばくち》で身ぐるみはがされ、しかも事故死してしまった。

そこからあっという間にアディソン家は没落の一途を辿《たど》ったのである。

今まで交流のあった貴族や、すり寄って来ていた親戚たちはものの見事に掌《てのひら》を返し、皆一様《いちよう》に背を向けた。それどころか、母娘だけになったアディソン家から奪えるものは全て強奪していくという鬼畜《きちく》ぶり。

世間知らずのエイヴリルは、何が何やら分からぬまま住んでいた屋敷を追い出され、その日暮らしに追い込まれたのだ。

――それでもまぁ、私はまだ恵まれていた方よね……

世間では、没落した家の娘は娼婦《しょうふ》に身を落とすことも珍しくない。または修道院に身を寄せるかだ。

しかし多額の寄付を持って行くのでもない限り、修道院での生活は楽なものではない。それこそ、どこかの下働きをするよりも大変な生活になるだろう。

自由はなく、抑圧された毎日が延々と続く。信仰心が篤《あつ》ければ許容できるだろうが、エイヴリルはさほど信心深いわけではなかった。きっと世間から隔絶された生活に耐え切れなかったに違いない。

——とりあえずお母様と二人貧しくても暮らしていけるし、丈夫な身体もある。うん。私はとても運がいいわ。お父様の借金も、資産を処分したことで返済できたもの。

かつてアディソン伯爵家で働いていたばあやも、こうして変わらず傍《そば》にいてくれる。これ以上何を望むと言うのか。

強がりなどではなく、幸せだと断言できた。

四年前、懇意《こんい》にしていると思っていた貴族社会から見捨てられ絶望していた時、救いの手を差し伸べてくれたのは、キーラを含む数人の元使用人たちだった。

正直なところ、エイヴリルは良い主《あるじ》ではなかったと思う。いや、絶対に駄目《だめ》な部類だったはずだ。

それでも彼らは最後まで母娘を見捨てず、寄り添い励まし、職を紹介してくれ生活が整うまで助けてくれた。心の底から感謝している。

おかげで今はこうして食堂の下働きをし、自分と母親の食い扶持《ぶち》を稼《かせ》ぐこともできているし、屋根のある場所で眠れているのだから、御《おん》の字《じ》だろう。

だからエイヴリルは全く悲観していないのだが、キーラは未《いま》だアディソン伯爵家の凋落《ちょうらく》を受け入れられないらしい。

「お可哀想なお嬢様。私がもう少し若ければ、今の二倍三倍働いて、こんな苦労はさせませんのに……！」

「ばあやに養ってもらうほど、私は厚顔無恥《こうがんむち》じゃないわ。むしろばあやの老後は私が見てあげるつもりだから、安心して！」

キーラはアディソン伯爵家に一生を捧《ささ》げるあまり、未婚を通してきた。つまり身寄りはいないのである。そんな彼女を元気づけるため、エイヴリルは胸を叩いて宣言したのだが、逆効果だったらしい。キーラは余計に両目を潤ませた。

「私、自分が情けないです……！　お嬢様にそんなことを言わせてしまうなんて……ああでも、希望を捨ててはいけませんよ。エイヴリル様は腐ってもアディソン伯爵家の現当主。これからいい縁談が必ず舞い込んできますからね……！」

「どこの世界に、持参金もない没落した家の娘を娶《めと》るもの好きがいるのよ……」

この国では、女も爵位を継げる。

資産を全て失って、今や貴族の体裁を一つも整えられないけれど、エイヴリルは一応まだ平民ではなかった。だがあくまでも『爵位を持っている』だけだ。

何の助けにもなりはしない。いっそ面倒でさえある。

本音を言えば、爵位など親戚に売り払って生活費の足しにしたいところだが、母親の手前そうもいかなかった。

エイヴリルの母親は生粋《きっすい》の貴族階層出身者だ。今更平民になるなど、耐えがたいのだろう。仮に飢え死にしたとしても、唯一手元に残った爵位を手放す気はないらしい。

——すっかり気落ちしてしまったお母様を、これ以上苦しめたくはないもの……

故《ゆえ》にエイヴリルにとっては無用の長物と化してしまった爵位だが、継承しているのである。

「投げやりにならないでくださいませ。お嬢様のお美しさなら、必ずや求婚者が現れます」

「爵位目当てなら、いるかもしれないわね……」

エイヴリルは小声で呟《つぶや》きながら、人参の皮を剥いた。

キーラの言う通り、エイヴリルの容姿はなかなかに整っている。華やかな黄金の髪に黄水晶《きずいしょう》に似た上品な色の瞳。鼻や唇は小振りで、絶妙な位置に配されていた。

黙っていれば、お人形のようだと評されたこともある。だが、きつく見られがちな吊《つ》り目が女性に求められることの多い『愛らしさ』を裏切っていた。

家が隆盛を誇っていた当時でさえ、『狐顔《きつね》』と陰口を叩かれたこともあるのだ。後ろ盾《だて》をなくした今では、尚更《なおさら》男性に好まれる顔立ちではないだろう。

故に内心では、つまらぬ夢を見るつもりは毛頭ない。大切なのは現実だ。つまり、眼前の野菜を下処理すること——それこそエイヴリルが今すべきことなのだ。

——結婚かぁ……不良債権と化した私に普通の貴族が申し込んでくるわけがないし、かと言って平民が相手だと、私の爵位が邪魔になってくるのよね……ああ、厄介だわ……これはもう職業婦人として独《ひと》り身を貫くしかないわね……

覚悟はもう決まっている。キーラの気遣《づか》いはありがたいけれど、贅沢《ぜいたく》な願望を抱《いだ》いている場合ではないのだ。

エイヴリルはひっそり気合を入れ直し、山と積まれた野菜たちと格闘した。

「お嬢様、ばあやは真剣に言っているのですよ！」

「私だって真剣に考えているわよ」

ただし、主に老後や資金繰《ぐ》りについてだが。

乙女らしい甘い夢を見るには、エイヴリルはもう現実を知り過ぎてしまった。

人の嫌なところに沢山直面し、裏切られ、傷つけられた。だから今後誰かに嫁《とつ》いで安泰《あんたい》な生活を送ることなど、とっくに選択肢から外れている。

信じられるのは、自分自身と、今も傍にいてくれる本当に優しい人たちだけ。

今更、建前と外面を駆使する貴族社会に戻りたいとは露《つゆ》ほども思っていなかった。

——それにあの頃の最低な自分には、絶対戻りたくないもの……

四年前までの自分を思い出し、エイヴリルの瞳が陰《かげ》った。

後悔、という言葉が脳裏に浮かぶ。

許されるなら当時の関係者……主にエイヴリルの被害者に謝りたい。しかし大抵はもはや会うこともない世界の人たちなので、叶わなかった。

おそらく向こうも、今更自分の顔など見たくもないだろう。

——我ながら昔の私は最悪だったわ……当然悪評は今も残っているはず。結婚に希望を持てないのは、家が没落しただけでなく、私個人の評判が悪かったせいもあるのよね。こんな私を大事にして愛してくれているばあやには言えないけど……

こぼれた溜め息は、自身の持ち場に戻っていったキーラの耳には届かなかったと思う。それでいい。

余計な心労はかけたくない。母と同じくらい、ばあやのことも大切に想《おも》っているからだ。

昔のことを思い返すと気分が沈む。自己嫌悪の海に溺れそうだ。

エイヴリルがまだ裕福なアディソン伯爵家掌中《しょうちゅう》の珠《たま》としてちやほやされていた頃。自分はそれはもう鼻持ちならない小娘だった。

怖いものなど一つもなく、親の権力と財力を笠《かさ》に着てやりたい放題。

立場が下の者に対しては高圧的に接し、平気でいたぶり、屈辱に震え涙を堪《こら》える様を見ては悦《えつ》に入っていたのだ。

気に入らない令嬢は虐《いじ》め倒していたし、使用人など道具としか見做《みな》していなかった。

無理難題を吹っかけ、気まぐれに暴言を吐き、時にはまだ熱いお茶を投げつけたことすらある。そんな振る舞いを自分だけが許されていると勘違《かんちが》いし、年を経《へ》るにつれ更に増長していったのだから、救いようもなかった。

控えめに言って極悪非道である。

もしもあのまま大人になっていたら、どれほど冷酷で人でなしのお貴族様になっていたことやら。想像するだけで恐ろしい。

そんな自身の外道《げどう》振りに気がつくことができたのは、皮肉なことに、自分のものだと信じて疑っていなかった全てを失ったからだ。

おべっかを使ってすり寄ってくる人々も、絶対服従で首《こうべ》を垂れる者も、金で解決できる諸々《もろもろ》のことも全部、結局はエイヴリルの力などではなかった。

皆、エイヴリルの父親に傅《かしず》いていただけ。もっと言えば、アディソン伯爵家の力を恐れていただけだ。

そんなことにさえ、かつての自分は気がついていなかった。本当に愚かだったと思う。

何もかも失くした今だからこそ、当時の自分を思い返すとのたうち回るほど恥ずかしい。できれば過去に戻って幼い自分を張り倒し、躾《しつ》け直したい心地だ。そして、傲慢《ごうまん》だったエイヴリルの被害者たちに謝りたかった。

特に、『彼』には。

「……無理な話だけどね」

あの煌《きら》びやかな世界に、二度と戻るつもりもその術《すべ》もない。

今では届かない。手を伸ばす気にもならない黒《くろ》歴史。

精々エイヴリルにできるのは、現在も傍にいてくれる数少ない人たちに真摯《しんし》に対応することだけだ。

この暮らしに金銭的な余裕はないけれど、その分溢《あふ》れんばかりの親愛と優しさが満ちている。エイヴリルにとっては充分だった。

「――さて、いつまでも感傷に浸っている時間はないわ。今日も一所懸命働いて、少しでも貯蓄に回さなきゃ。お母様とばあやの老後は、私の肩にかかっているのよ！」

立ち止まっている暇はない。エイヴリルが大きく息を吸い、気合を入れ直した時。

「お嬢様、大変です！」

自分の持ち場に戻ったはずのキーラが転がり込む勢いで戻ってきた。

「な、何？　ばあやってば、いくらこの食堂の女将《おかみ》さんがいい人でも、あんまりサボってばかりいたら解雇されてしまうわよ？」

重労働だが、せっかく得た給金のいい職なのだ。手放したくはない。

「それどころではありません……！　とにかくお嬢様もこちらにいらしてください！　女将さんが呼んでいます」

「え？」

問答無用で腕を取られ、エイヴリルは強引に厨房《ちゅうぼう》から連れ出された。そしてそのままグイグイと引っ張られ、食堂の客席側に連行される。しかも、上客用の個室に押し込まれ、唖然《あぜん》とした。

中にいたのは、この店の女将。そして上質な衣服を纏った年若い紳士。二人がテーブルを挟んで座っていた。

状況が呑《の》み込めず、背後のキーラに視線で問う。けれど彼女にも説明できないらしく戸惑いの表情を浮かべたままだ。仕方なくエイヴリルは前方に目線を戻し――男の顔を見た瞬間、蒼《そう》白《はく》になって硬直した。

「……クリスティアン様……っ？」

もう二度と口にすることもないと思っていた名前。

立場が変わり過ぎ、対峙《たいじ》する機会など金輪際《こんりんざい》ないと考えていた。だが、彼は目の前にいる。

同じ部屋の空気を吸っていることが信じられず、エイヴリルは無意味に唇を開閉することしかできなかった。

「どう……して」

「お久し振りですね、エイヴリル様」

記憶にある少年の頃と変わらず、彼の柔和な笑みを刷《は》いた口元には、他者の警戒心を失わせる魅力があった。けれど目の奥は冷静なまま。

本心を窺《うかが》わせない完璧な仮面は昔と同じ。

エイヴリルがどうしても突き崩してやりたいと願ってやまず、大嫌いだった作り物の微笑《びしょう》を浮かべ、クリスティアンは優雅な所作で立ちあがった。

「五年振り……かな？　お互いすっかり大人になったようですね」

「……元気そう、ですね……」

「ああ、来たのね、エイヴリル。キーラもこちらにいらっしゃい。この方はクリスティアン・シャンクリー様よ。大事な話があるので、貴女たちにも同席してもらいたいの」

「私たちに……？」

女将の言葉で最初の衝撃から僅かに冷静さを取り戻し、エイヴリルは背筋を正した。もう何年も貴族らしい振る舞いなどしていなかったのに、身体はちゃんと礼儀作法を覚えていたらしい。

自然と動いた身体は、見事な礼をとっていた。

「ようこそ……」

「変わっていませんね。貴女はあの頃のままだ」

――それは、勘違いした馬鹿で性格の悪いお嬢様のままに見えるということ……？

これは嫌味《いやみ》を言われたのだろうか。

顔を伏せたまま、エイヴリルは小さく喉《のど》を震わせた。

そう思われても仕方ない自覚はある。いやむしろ、彼にとって自分は昔の底意地の悪い令嬢という印象のままだろう。

何せもう五年も会っていなかったのだ。十四歳当時のエイヴリルなど、性格が捻くれ脂《あぶら》がのり始めた頃である。

物語に出てくる、主人公に嫌がらせばかりする悪役令嬢顔負けの極悪さだったと自分でも思っているのだ。

「アディソン伯爵家のことは聞きました。大変でしたね。僕は丁度留学していて、全く知りませんでした。先日この国に戻って初めて耳にし、こうしてエイヴリル様を探し出し飛んできたのです」

「……もう、終わったことです。皆、よくしてくれていますし……」

ではクリスティアンはエイヴリルにわざわざ会いに来たのか。しかも行方を捜してまで。意図が読めず、困惑する。

彼が自分を気にかける理由などない。五年前から一度も会っていないし、それ以前から友好的な関係ではなかったのだ。

クリスティアン・シャンクリー。

エイヴリルの三つ年上の幼馴染《おさななじみ》。

領地が隣あっていたことと、父親同士が同じ派閥に属していたことで、幼い頃から交流があった。

しかしそれは、懇意にしていたという意味ではない。いや、傍から見れば子供同士が仲良く遊んでいるように思われていたのかもしれない。

だが実際は違う。

エイヴリルが一方的にクリスティアンを馬鹿にし、無理難題を押しつけては嘲笑《ちようしよう》し、時には叩いたりすることすらあった。

彼の赤毛を『人参《にんじん》』とからかって、人前で笑い者にするのが、お気に入りの遊びでもあった。

クリスティアンが子爵家出身で、エイヴリルは伯爵令嬢だという家格の差一点で、何をしても許されると侮《あなど》っていたからだ。

――ああ、心底自分を軽蔑《けいべつ》する……

弱い立場の者を甚振《いたぶ》って喜ぶなど、人でなしの所業だ。子どもの純粋な残酷《ざんこく》さに半端な矜持《きょうじ》と絶大な権力を併《あわ》せ持っていた当時のエイヴリルは、化け物に等しかったことだろう。

あの頃から人並み外れて美しく、聡明《そうめい》さと温厚な気配を漂わせていたクリスティアンに、自分がしでかしたことを思い出し、眩暈《めまい》がした。

──彼を四《よ》つん這《ば》いにさせて跨《また》ったり、落としたものを食べさせたりしたのよね……重い本を持たせて何時間も部屋の隅に立たせたこともあったわ……もう本当に、最低……

どれほど傷つけ悪態を吐いても、柔和な表情を崩さない彼に腹が立ち、一層残酷な要求をした。

いっそ怒りでも憎悪でも、特別な感情を自分だけに向けてほしかったのに──

幼い苛立《いらだ》ちの根源は、今ではもう分からない。ただ、当時はとにかくクリスティアンを見るとムカムカした。結果、顔を合わせる度に嫌がらせを加速させてしまったのだ。

そしてエイヴリルが十四歳、彼が十七歳の年。クリスティアンの母親の再婚により、交流は完全に断たれた。

その三年前、子爵だった彼の父親が亡くなり、爵位を継いだのは叔父《おじ》であったと風の噂《うわさ》で聞いていた。そんな大変な家庭の事情すら笑い話にしていたのだから、エイヴリルの性根の曲がり具合は相当なものだったろう。

我ながら吐き気を催《もよお》す醜悪さである。

──でも、もしもお父様が借金まみれで亡くならなければ、私は昔のまま何一つ変わらず、自分が最低の人間であることにも気がつかなかったのかもしれない……

それは、死にたくなるほど嫌だ。

見せかけではない本物の人の優しさや思いやりを知った今だからこそ、強く思う。

やはり、いくら裕福で将来に不安がない暮らしを送れたとしても、当時の自分には絶対に戻りたくはない。

改めてこの手の中にある小さな幸せを噛《か》み締め、エイヴリルは緩く息を吐いた。

とにかくクリスティアンは母親の再婚を機にシャンクリー伯爵家の養子になり、間もなく隣国へ留学したのだ。

以来、一度も会っていないどころか手紙のやりとりさえなかったのだが――

「まさかアディソン伯爵家令嬢――いいえ、今はエイヴリル様が伯爵本人ですね。その貴女がこんな暮らしをしているとは夢にも思いませんでした」

もしや彼は零落《れいらく》した自分を見て、留飲を下げているのか。

現状を嘲笑《あざわら》うつもりで現れたのかもしれないと思い至り、エイヴリルは納得した。それなら、理解できる。

だとすれば、自分がすべきことは一つだけだ。

謝ること。

かつての悪行を。言葉を。ぶつけた悪意の全てを。

仮に許されなくても、心から謝罪したい。そのためには、床に這《は》い蹲《つくば》ることでも厭《いと》わないいつもりだった。

「昔のことは、ごめんなさ――」

「とりあえず座ってください。ゆっくり話をしましょう」

しかし頭を下げかけた矢先に遮《さえぎ》られ、エイヴリルはクリスティアンに目の前の椅子を指し示された。今この場では、爵位こそ同等であっても格段に彼の方が立場が上だ。

目上の者に着席を勧められ、断れるはずがない。エイヴリルは視線をさまよわせながら椅子に腰を下ろした。その左隣に、キーラも座る。

「さて、これでじっくり腰を据《す》えて話せますね」

「私に何か話があるのですか……？」

相手の目的が読めないため、思わず身構えてしまった。この場に女将が同席している理由も不明だ。

繋がりのよく分からない四人が顔を突き合わせ、いったい何を語ると言うのか。

――私とばあやだけなら昔話かもしれないけれど、どうして女将さんも一緒なの？　仕事中で、私たちの雇用主だから……？

だとしても、不可解だ。

沈黙の落ちる中、エイヴリルは不安感から右横に座る女将を窺ってしまう。すると、彼女から申し訳なさそうな視線を返された。

「――ごめんよ、エイヴリル。それにキーラ。実はこの食堂、今年中に閉めることになったんだ」

「えっ？」

初耳の事実を聞かされ、瞠目《どうもく》した。

「そ、そんな……聞いていません！」

「今初めて言ったからね」

人がいいけれど、どこか呑気《のんき》な女将は「すまないねぇ」と繰り返し、頰《ほお》に手を当てる。

「随分前から地主に立ち退《の》きを迫られていて、これまではのらりくらりと躱《かわ》していたんだけど、そろそろどうにもならなくなってきたんだ」

「で、でも急過ぎます……！」

今年中ということは、長くても三か月以内である。その間に次の職を決めなければいけないのかと考えると、気が遠くなった。

この食堂は相場より給金が高く、高齢のばあやと当初何もできなかったエイヴリルを纏めて雇ってくれた奇特な場所なのだ。早々簡単に同条件の仕事が見つかるとは到底思えない。

しかも食堂の二階にエイヴリルたちは格安で間借りさせてもらっているのである。住むところも失うのかと、全身から血の気が引いていった。

昨今、働く女性が増えてきたとは言え、まだまだ地位は低い。

これと言った特技がなく、面倒な事情を抱えたエイヴリルに、この職場以上の好条件が簡単に転がりこむわけがないのだ。

「ま、待ってください……私、困ります……！」

「悪いねぇ。もう決まったことなんだ。勿論《もちろん》、今年いっぱいは二階に住んでくれて構わないよ」

目の前が真っ暗になる、という表現は、こんな時に使うらしい。もはやクリスティアンの存在など頭から抜け落ちて、絶望感から全身の力が抜けた。

エイヴリルがどうにか椅子からずり落ちることなく踏ん張れたのは、先にキーラがずるずると倒れ込んできたからだ。

「ちょっ……ばあや、しっかりして！」

「お、お嬢様……私たち路頭に迷ってしまいます……」

「弱気にならないで。私が、何とかするから……！」

勇ましく口では任せておけと言っても、実際にお先真っ暗なのは、エイヴリルが一番よく理解していた。

働くという発想すらない根っからの貴族の母親に、老齢のキーラを抱え、住処《すみか》も職もなくこれからどうやって生きていけばいいのかまったく分からない。

エイヴリルだって許されるなら気を失ってしまいたいところだ。だが儚《はかな》い令嬢を演じたところで、将来の展望は開けないのである。

——どうしよう……あと三か月以内に割のいい仕事を見つけて、家も探さなくちゃ……でも私にできることなんてたかが知れている。似たような食堂に勤めたとしても、今ほどのお給金は期待できないわ。それに家賃を払うとしたら、もっと沢山稼がなきゃいけないのに……！

没落令嬢の仕事と言えば、家庭教師が一般的だ。

しかし正直なところ収入は悪い。しかも評判がいいとは決して言えないエイヴリルを雇ってくれる家は、少ないと思われる。

ならば貴族の子女の嗜《たしな》みである刺繍《ししゅう》や繕《つくろ》い物の技術を活《い》かして……と言いたいところだが、残念ながらエイヴリルは手先が不器用だった。

努力の結果人並みにはこなせるけれど、とても金を稼げるほどではない。しかも大人三人を養うとなれば、全く足りないのは容易に想像できた。

かくなる上は身体を売るしかないのか。

娼婦、という避け続けてきた最後の手段が頭にちらつく。もう選んでいる余地はないのかもしれない。

自分に残されているのは、形ばかりの爵位とこの身体だけ。

世の中には、落ちぶれた貴族の娘を抱いてみたい輩《やから》はごまんといる。しかも男を知らない生娘《きむすめ》となれば、それなりに高く買ってくれる男がいるはずだ。

エイヴリルはこれまで自分に惜《お》しみない愛情を注いできてくれた人たちのため、身を削る決意を固めた。

「大丈夫……大丈夫よ、ばあや。貴女とお母様は私がどんなことをしても絶対に守ってみせるから」

「本当に申し訳ないねぇ。私もできることならもっと長くお店を続けたかったんだけど……お詫びに今月の給金は、二人ともひと月分多く払うよ」

「謝らないでください……女将さんのせいでは、ありませんもの……」

それでも多めに金を貰《もら》えるのは正直助かる。暗闇《くらやみ》の中、一筋の光明を得た思いで、エイヴリルは弱々しく笑った。

——身体を売るくらい、何でもないわ。私には、もっと大事なものがあるんだから。

「残り三か月、一所懸命働かせてください」

「ありがとう、エイヴリル。あんたは本当に健気《けなげ》でいい子だよ」

エイヴリルが悲壮な決意を固めたとは知らず、女将が眉尻《まゆじり》を下げた。その時。

「——話に割り込んで心苦しいのですが、ちょっとよろしいでしょうか？」

しんみりとした空気をぶった切るように、男の声がかけられた。

そう言えば、この場にクリスティアンが居たのをすっかり忘れていた。エイヴリルは、改めて彼に視線をやり、ますますここにクリスティアンが同席していることへ疑問を覚える。

——食堂立ち退きの件に、彼は関係ないわよね……？

つい、怪訝《けげん》な気持ちが顔に出ていたのだろう。しばし見つめ合った後、クリスティアンが片眉を吊り上げた。

「部外者が口を挟《はさ》むなと言いたげですね」

「お嬢様……！」

「そ、そんなつもりは……」

鋭い。しかし半分くらいしか思っていない。残る半分は純粋な疑問だ。

「残念ながら、僕は無関係ではありませんよ。女将、先ほど提案したように条件を呑んでいただければ僕は貴女に援助します。立ち退きの件も上手く処理しましょう。そうすればこれからも同じ場所で変わらず店を続けていかれます」

「えっ……どういうことですか？」

思わずエイヴリルが立ちあがって身を乗り出してしまったのは不可抗力である。はしたないと思いつつ、テーブル越しに掴《つか》みかからん勢いでクリスティアンを凝視した。

「僕がこの土地を買いましょう。そうすれば、ここを立ち退けとは言いません。既に地主とは価格について交渉を終えています。後は女将——貴女が頷くだけです」

「……でもねぇ……」

「い、いい話じゃないですか。女将さん、何故すぐに了承しないのですか？」

彼の言うことが本当なら、今まで通り店を続けられる。エイヴリルとキーラも変わらず働けるだろう。女将だって店を閉めたくないと言っていたではないか。何を迷うことがある。

煮え切らない女将の態度に焦《じ》れ、エイヴリルは身体ごと彼女に向き直った。

「女将さん、こんな素晴らしい申し出、断る理由がないじゃありませんか」

「そうなんだけどねぇ……いや、でもやっぱり私にはあんたの気持ちを無視して話を進めることなんてできないよ」

「何か問題でも……え？　私の気持ち？」

何故ここでエイヴリルの気持ちが関わってくるのか。自分は店の経営には一切関係がない。ただの従業員だ。だからこそ、店主である女将が店を畳《たた》むと決めれば、逆らう余地はないのだが――

「実はね……立ち退きを回避できる交換条件がエイヴリル、あんたなんだよ……」

突然話の矛先《ほこさき》を振られ、頭がついていかない。

女将の手が指し示しているのは、間違いなく自分だ。しかしその指先からエイヴリルの前に座るクリスティアンへ何となく視線を移してしまった。

すると目が合った瞬間、蕩《とろ》けるほど甘い微笑を返される。

「そういうことです。貴女の返事次第で事態が変わります」

「そういうって、どういう？」

わざと核心をはぐらかす彼の物言いに、エイヴリルの眉間の皺《しわ》が深くなった。本気で意味が分からないが、そこはかとなくからかわれている心地がしたからだ。

自分一人がクリスティアンに誹《そし》りを受けるのは当然の報いとして受け止めるが、他者を巻きこむなら話は別である。

守るべきものを背中に庇《かば》う気分で、エイヴリルは彼に対峙した。

「……冗談を言う場面じゃないと思いますけど」

「勿論、至極《しごく》真剣ですよ。女将にはもう話してあるのですが、直接貴女に交渉した方がよさそうですね」

そう言うなりクリスティアンは椅子から腰を上げ、テーブルを回ってエイヴリルの傍まで歩み寄ってきた。何かを察したのか、女将とキーラが椅子ごとすすっと後方にさがる。

ごく至近距離で立ち止まった彼に手を取られ、エイヴリルは息を呑んだ。

近い。

あまりにも近過ぎる。

五年振りに見たクリスティアンは少年らしさがすっかりなくなり、匂い立つほど男性の魅力を振り撒《ま》いていた。クラリとした眩暈を感じたのは、気のせいではあるまい。

反射的に振り払おうとしたエイヴリルの手は、強く握り締められていた。

「な、何を……」

お嬢様だった昔とは比べものにならないほど荒れた指先。爪は短く切りそろえられ、真っ白だった肌は健康的に日焼けしている。

そのことを、エイヴリルは恥じたことがなかった。

働き者の手だと誇りにさえ感じていたのに──今は無性に居た堪《たま》れない。

染み一つない美しい彼の優美な手に包まれているせいかもしれない。あまりにも落差があって、いっそ逃げ出したい衝動に駆《か》られた。

「は、放して……」

気を抜けば、喰《く》われる。

本能が鳴らす警鐘《けいしょう》に従い、エイヴリルは懸命にクリスティアンを睨み据えた。本当は膝が笑って今にもくずおれそうだったが、全身全霊で両足を踏ん張る。

気圧《けお》されたら負け――そんな予感をビシバシと感じた。

――何なの、この威圧感は……っ、でもお母様とばあや、それに恩ある女将さんを守るためなら、私は一歩も引かないわ……！

どうにか気力を奮《ふる》い立たせ、奥歯を噛み締めた。

いくら心を入れ替えても、エイヴリルが持つ生来の気の強さは変わらない。

ただ昔はいつだって自分のために他者を攻撃していたが、今は違う。人のために全身の毛を逆立てている気分だった。

「ああ、その勝気そうな瞳……本当に貴女は変わらない。昔のままですね」

「し、失礼です。これでも私は……っ」

もうかつての自分ではないと反論しかけ、エイヴリルは咄嗟《とっさ》に己の立場を思い出した。ここは強気で言い返すべきところじゃない。本当なら謝り倒さねばならない場面である。

あれから何年経とうが、被害者と加害者という関係性が変わることはなく、恨《うら》みに思われていて当然のことをしたのだから。

――やっぱりこの人は私に報復しに来たんだわ……きっと交換条件と言うのも、その一環で……

どんな裁《さば》きが下されるのかと思うと、背筋が震えた。

　――まさか、私への復讐《ふくしゅう》のために女将さんのお店を引き合いに出しているの……っ？

　過去の愚かな自分のせいで、大切な人たちに迷惑をかけてしまうかもしれないことが辛《つら》い。

だが償えるのなら、己にできることは何でもしよう。

　仮に靴を舐《な》めろと言われても従うつもりで、エイヴリルは頭を垂れた。

「クリスティアン様、あの頃は本当に私が間違っていました。心より謝ります。私にできる償いならどんなことでもいたします。ですからどうかこの店のことは――」

「ああ、謝罪なんてどうでもいいです。そんなことよりエイヴリル様、本当に何でもしてくださるのですか？」

　かつてより低く大人の男性のものになった声が、凄《すご》みを帯びる。

　そんな場合ではないのに、つい聞き惚《ほ》れ、美声に酔わされそうになった。ゾクゾクとした何かが、エイヴリルの背筋を震わせる。

　またもや謝罪を遮られたことも忘れ、操られるように小刻みに頷いた。

「は、はい。条件とやらを受け入れれば、このお店を続けられるのですよね？」

「ええ。何でしたら、事業拡大の支援もしますよ。ここは味がよく安くて美味《うま》いと評判ですからね」

「ではその条件をおっしゃってください！　私、何でもいたします！」

　今や掴まれたエイヴリルの手はクリスティアンの両手で包まれ、そのまま彼の眼前まで引き寄せられた。

強い力ではない。けれど抗《あらが》えない。

クリスティアンの唇が指先を掠《かす》めても、もはやエイヴリルは手を引くことができなかった。惹《ひ》きつけられる。視線も心も。何もかもが囚《とら》われてゆく。絡みつく蔦《つた》の幻影が垣間《かいま》見えた気がした。

「――どうぞおっしゃって。絶対に私は拒《こば》みませんので」

「素晴らしい覚悟です。では、どうぞ私と結婚してください」

「喜んで！　……え？」

勇《いさ》んで頷いたエイヴリルだったが、直後に凍《こお》りついた。

聞き間違いだろうか？　緊張のあまり、耳がおかしくなったのかもしれない。

数度瞬きをして、改めて彼に視線を据えた。

「あの……今、何とおっしゃいました？」

「僕の妻になってほしいと申し上げました」

心なしか掴まれた手が熱い。ビクリとした瞬間、強い力で握りこまれていた。

「エイヴリル様、貴女が頷くだけでこの店が潰《つぶ》されることはありません。むしろこれまで以上に栄えることでしょう。――ああ勿論《もちろん》、貴女の母親やそこにいるキーラの生活も援助しますよ。当然のことです。我が妻の大切な方々ですから」

言葉が、エイヴリルの頭の中を上滑りしてゆく。それでもクリスティアンの言わんとしていることは充分伝わってきた。刻み付けられるかの如く、しっかりと。

「何故……そんな……クリスティアン様には何の利もないではありませんか……」

いくら人気がある食堂だと言っても、莫大《ばくだい》な利益を生むわけではない。投資の対象としては弱いだろう。慈善《じぜん》活動の一環だろうか？　だとしたら、もっと困窮《こんきゅう》している人は他にいくらでもいるはず。

ぐるぐると考えても、エイヴリルに彼の真意など分かるはずもなかった。もとより、彼の本心など一度たりとも触れられたことがないのだ。

エイヴリルは警戒心も露《あらわ》に、じっと彼を見つめた。

今や大きな力を持つシャンクリー伯爵家の一員となったクリスティアンが、没落貴族に構う理由が見当たらない。それもかつて手酷《てひど》く自分を虐め、馬鹿にしてきた生意気な小娘を妻に迎えたいなんて、控えめに言って正気の沙汰《さた》ではなかった。

条件のつり合いが取れていない。これでは取引が成立しないではないか。

「……何が、狙いですか」

交換条件に含まれるであろう本当の目的を探ろうとして、エイヴリルは注意深く彼を観察する。クリスティアンは皮肉なほど美麗《びれい》に顔を綻《ほころ》ばせた。

「疑《うたぐ》り深《ぶか》いところは変わっていませんね。簡単に流されてくれない頭のいい女性は好きですよ。貴女は昔から、自分の頭で納得しないと意地でも頷かない人でした」

急に懐かしさを漂わせた彼に、エイヴリルは狼狽《ろうばい》した。

まるで楽しい思い出を語るような口調だ。自分たちの関係は、ほのぼのとしたものでは全くなかったのに。

怖い。

本能が逃げたいと叫んでいる。

人は理解不能な状況や存在に恐怖を覚える生き物なのだ。今のクリスティアンは、エイヴリルにとってまさしくそれだった。

「ふふ、ではエイヴリル様が納得できるように言いましょう。現在の僕はシャンクリー伯爵家の一人息子ですが、連れ子のため立場は非常に弱いものです。義父は僕に家督《かとく》を譲ると言ってくれますが、そう簡単にはいかないでしょう。叔父や従兄弟《いとこ》たちが黙っていませんからね。そこで助けになってくれる存在が欲しいのです」

「後ろ盾が欲しいという意味ですか……？　だったら、もっと力が強い家の令嬢を選んだ方が……」

豊富な財産を持つ家と縁《えん》続きになった方がいいに決まっている。

貴族の結婚とは本来、そういうものだ。

「おっしゃる通り。ですが考えてみてください。妻の実家の力が強いということは、その分発言力も増すということです。ただでさえ不安定な僕の立場に余計な口出しはされたくありません。場合によってはシャンクリー伯爵家を完全に掌握《しょうあく》されかねませんからね」

「ああ……」

クリスティアンの複雑な立場を思い、エイヴリルは顎《あご》を引いた。

いくら正式に養子になっていても、順風満帆《じゅんぷうまんぱん》とはいかないのだろう。何せ、シャンクリー伯爵家の現当主である義父と彼は血が繋がっていないのだ。

親類縁者から見れば、突然やってきて家を乗っ取ろうとしているかの如く映るのかもしれない。

シャンクリー伯爵の前妻は後継を残すことなく、若くして亡くなったと聞いている。その後、二十年近く独身を貫《つらぬ》いていた伯爵は、未亡人となったクリスティアンの母親に一目惚《ひとめぼ》れし、親族の反対を押し切って結婚したそうだ。

面白くないと考える者も少なくないに違いない。

特に次期伯爵位が転がり込むことを期待していた者たちにとっては。

「ですが、それで何故私を選ぶのですか」

「貴女を愛しているからですよ」

「つまらない戯言《たわごと》はやめてください」

さらりと吐かれた告白は、瞬時に撥《は》ねつけた。

冗談を聞いている気分ではないのである。天地がひっくり返っても、彼がエイヴリルに愛情を持つことなどあり得ない。そんな妄想《もうそう》を抱けるほど、お花畑の頭は持っていないのだ。

「おや、信じてくださらないのですか？　熱烈に求められて嫁ぐのは、女性の夢だと思っていました」

肩を竦《すく》め尚《なお》も言い募ろうとするクリスティアンに、エイヴリルは冷えた眼差《まなざ》しを向けてしまった。

「……馬鹿馬鹿しい」

恋や愛が大事なものであることは間違いないが、それだけでは腹が膨《ふく》れない。

鋭くなったエイヴリルの視線を受け止め、クリスティアンは軽く息を吐く。

「信じてくださらないのですね」

「信じるに足るものが一つもありません。そんなことより、本当のことを教えてください」

これ以上、茶番《ちゃばん》に付き合うつもりはない。そう意図を込め、眼差しに力を入れた。

「……では仕方ありませんね。簡単なことです。貴女には面倒な親類はいないも同然。かつて自分を見捨てた彼らが今更擦り寄ってきたところで、エイヴリル様が耳を傾けるとは思えませんしね。そして財産は失っても、受け継いだ歴史や血筋がなくなったわけではありません」

「歴史……？」

「それに今は交流が途切れていても、伝手《つて》はあるでしょう？」

アディソン伯爵家は古さで言えば相当なものだ。歴史を遡《さかのぼ》れば、王家との繋がりもある。更に他国との貿易も盛んだった。

つまり、彼が欲しているのはそういった諸々なのか。

金では買えない、容易に積み上げられるものでもない目には見えないもの。

エイヴリルを通して、それらを手に入れたいのだ。

「僕の進む道は平板《へいばん》とは言えません。それなりに苦労を伴うものでしょう。ならば伴侶《はんりょ》になる人は、守ってもらうことが当然の箱入り娘では務まらないと思います。強気なくらいで丁度いい」

——それって、守る必要がない妻が欲しいってことじゃない？

穿《うが》った見方をしてしまうが、あながち間違いではないだろう。

クリスティアンにとっては戦力となる妻が必要だが、女にかまけている余裕はないということなのかもしれない。その点、エイヴリルは条件にピタリと嵌《はま》るのだ。

彼が欲するものを補うことができ、かつ必要以上に前に出過ぎることもない。何より、利用しても心が痛まない。

——どうでもいい女だから……

仮にエイヴリルが苦境に立たされてもクリスティアンには傷一つ付かないのだ。煩《うるさ》く口出ししてくる親戚もおらず、扱いやすいと判断したのだろう。

何とも冷静で計算高い。

しかしこれこそ彼の本質だと思った。

人当たりがよく誰に対しても公平に親切だなんて偽《にせ》の仮面。

かつてエイヴリルが幼いながら感じていたクリスティアンへの印象は、正しかったらしい。

「もう一つ言うなら、僕が有力な家と縁続きになろうとすれば、おそらく親戚たちから妨害工作をされるでしょう。これ以上孤立させられるのは本意ではありません」

ここまで正直に明かされれば、納得せざるを得ない。

それに、ある意味信頼できるとさえ感じた。

本音が見えないまま中身のない遣《や》り取りをするより『利用します』と宣言された方がずっとマシだ。

損得塗《まみ》れの駆け引きを持ちかけられた時、エイヴリルは悲嘆にくれるよりも前向きになれる性格だった。

——見え透いた嘘《うそ》の愛情を囁かれるより、遥かに信じられる。

「……妻と言うよりも、協力者と言った方が正確ではありませんか？」

または戦友。

クリスティアンをシャンクリー伯爵家の正式な後継者に据えるための戦いに参戦してくれと言われているのだと解釈し、エイヴリルは真《ま》っ直《す》ぐ彼を見つめた。

たぶん自分は、愛されることはないお飾りの妻になるだろう。だが逆に考えれば、黙ってクリスティアンの言いなりになるだけで、全てを守ることができる。

これは願ってもいない好機だ。

「……どういう心づもりでも構いません。大事なのは、貴女が僕のものになるか否《いな》かです」

彼の黒い瞳の中に不穏《ふおん》な光が揺らいだ。

禍々《まがまが》しいその色に、エイヴリルの息が乱れる。

答えはもう決まっている。いや、最初から選択肢などなかった。

選ばせる振りをされただけ。実際には、エイヴリルが進む道は一本だけしか残されていなかった。

――でもだったら尚更、これだけはしておかないと――私はもう、昔の極悪令嬢じゃない。過去の悪行を悔《く》い改め、謝ること。これはエイヴリルの義務だ。

クリスティアンにつけてしまった傷が癒《いや》されるとも許されるとも思わないが、謝罪はしたい。自己満足のためではなく、受け入れられなくても謝り続けることこそ必要だと思っているから。

今度こそきちんと告げるべく、エイヴリルは大きく息を吸った。

「クリスティアン様、五年前までのことは――」

「先ほども申し上げましたが、謝罪はいりません。僕は昔のままの貴女を手に入れたい」

気がついた時には、腰を抱かれていた。

互いの胸が、服越しに接触する。

動揺に揺れた瞳は、瞬くことすら叶わなかった。

「あのっ……」

「エイヴリル様は、変わらなくていい」

人の気持ちを想像できない、する必要もないと思っていた、傲慢で残酷なお馬鹿さんのままでいればいい。――そう言われた気がして、エイヴリルの胸が抉《えぐ》られた。

――ああ……この人にとっては心底どうでもいいんだわ……私が改心しようがしまいが――関係ないんだ。むしろ昔のまま方が利用し易《やす》くて便利だと思っているのね……

傷つくことさえ、自分には権利がない。

きっとそれ以上に過去のエイヴリルはクリスティアンを痛めつけ侮辱《ぶじょく》したのだから。

謝罪の言葉も言わせてもらえず、エイヴリルは唇を噛んだ。

漆黒の瞳がじっとこちらに注がれる。まるで心の奥底を覗《のぞ》き込まれるよう。彼自身は絶対に内側を見せてくれないくせに、エイヴリルの全てを暴《あば》くような眼差しが嫌で堪らなかった。

だからそっと睫毛を伏せ、視界からクリスティアンを追い出す。

抱き寄せてくる腕の力が増した気がするのは、たぶん気のせいだろう。

「……私がクリスティアン様に嫁いで、貴方《あなた》がシャンクリー伯爵家の後継者になれるよう手助けすれば、この食堂が立ち退かなくて済むよう計らってくださるのですか？」

「はい。僕は嘘を吐《つ》きません」

ついさっき心にもない愛を告白したくせによく言う。

こんな時ですら、優しく残酷な空っぽの言葉を振り撒《ま》けるらしい。――いや、こんな時だからこそ、なのか。

エイヴリルは深々と嘆息《たんそく》し、気持ちを奮い立たせた。

「――分かりました。求婚をお受けします」

「お嬢様……！」

「エイヴリル……！」

キーラと女将が声を上げたのは同時だった。

彼女たちを振り返れば、二人とも不安げにこちらを見つめている。エイヴリルを案じてくれているのは一目瞭然。彼女たちを守りたい気持ちが一層強くなった。

「心配しないで。ばあやだって私をきちんとした家柄に嫁がせたいって言っていたじゃない。願ったり叶ったりだわ」

「それはそうですが……クリスティアン様がお相手なら申し分ありませんし……ですがあまりにも急で」

子どもの頃は交流があったため、キーラも彼のことは知っている。クリスティアン自身に悪い印象もないだろう。

しかし今の会話を聞いて不安を覚えたようだ。

「お嬢様に苦労していただきたくはありません」

「そうだよ、エイヴリル。私だって自分の店のためにあんたを差し出すような真似《まね》はしたくないよ」

「二人とも何か勘違いしているわ。これは誰のためでもなく、私自身のための婚姻よ。だって考えてもみて。このままじゃ今年いっぱいで食堂は閉店。私とお母様とばあやは住む家をなくして仕事も失ってしまうの。でもクリスティアン様と結婚すれば万事解決じゃない！　今よりも安定した貴族らしい暮らしができるようになるのよ、断る理由がないわ！」

欠片《かけら》も思っていないことを口にして、エイヴリルは乾いた笑いを漏らした。

貴族らしい生活に戻りたいなんてこれっぽっちも望んでいない。むしろこのまま、汗を流して働く方が性に合っていた。

エイヴリルにとってはまともな人間になるため、平民として生きている方が望ましいのだ。頑張って自分の力で生きてゆくことが、誇りでもあったから。

だが本心を悟《さと》られまいとして、殊更《ことさら》強気な態度を取る。

キーラや女将に、エイヴリルの自己犠牲による結婚だと思われたくない。あくまでも自分の意思で選んだ未来だと映るよう、にんまりと口の端を吊り上げる。

かつてを思い出し、厭味《いやみ》ったらしい高笑いまでしてみせた。

「うふふっ、私の人生、運が向いてきたみたいね！」

できるだけ、鼻持ちならない女に見えるように。傷ついてなどいないと映るように。

そうした理由はもう一つある。

クリスティアンのためだ。

エイヴリルを利用したいというなら、すればいい。謝罪も受け入れたくないほど嫌っている女を妻に迎えてまで成し遂げたいことがあるのなら、喜んで協力する。

その際に、彼に罪悪感を抱いてほしくなかった。

もしもエイヴリルが昔のままのどうしようもない我《わ》が儘《まま》令嬢なら、クリスティアンは心置きなく道具として扱えるだろう。

万が一途中で切り捨てたとしても、良心の呵責《かしやく》に悩まされることはない。思う存分利用し尽くして、留飲を下げられるのではないか。

——償いには、足りないかもしれないけど……

今のエイヴリルにできるのはこれだけ。だったら、全力で全うしようと心に誓った。

「そうと決まれば、一日も早く結婚しましょう、クリスティアン様」

「話が早くて助かります。やっぱり貴女は並の女性とはわけが違う」

彼の頬が僅かに赤い。

かつて自分を虐《しいた》げた女に報復できる機会を得て、興奮しているのかもしれない。

静かに燃える焔《ほのお》を見た心地で、エイヴリルはゆっくり息を整えた。

「誉《ほ》め言葉として、受け取っておきますわ」

「ええ、勿論称賛《しょうさん》しているつもりです。それでは早速、貴女の母君へ挨拶に伺《うかが》いましょう。これからは僕の義母にもなるのですから……」

手の甲に落とされた口づけが焼けるほど熱い。

最善の道を進んだはずなのに、早くも誤った気がするのは何故だろう。迷路に迷い込んだ心地で、エイヴリルは喘《あえ》いだ。

「随分、気が早くていらっしゃるのね」

「貴女の気が変わらぬうちに囲い込んでおかないと、逃げられそうな予感がするものですから。母君は二階にいらっしゃいますか？」

「え、私たちがこの上に住んでいると、よくご存知ですね……」

この男は全部知っているのだ。エイヴリルについて全て調べ尽くした上で、こうして満を持して現れたのだと悟った。

背筋を冷たい汗が伝う。

微かに後悔が首を擡《もた》げたが、既に退路は断たれていた。

「ああ、女将。仕事がまだあると思いますが、エイヴリル様を借りても大丈夫ですか？」

「え、ええ。勿論ですよ。エイヴリル、いい人に見染《みそ》められたねぇ！　あんたがクリスティアン様を気に入ってくれたのなら、こんないい話はないよ！　ねぇ、キーラもそう思うだろう？　今日は二人の婚約記念日だ！」

涙ぐんだ女将が嬉《うれ》しそうに何度も頷いた。

エイヴリルの葛藤《かっとう》など知らない彼女にとっては、困窮していた娘が大金持ちの貴族に求婚された喜ばしい話だと認識しているに違いない。

「そ、そうですよね。お嬢様が素晴らしい方に嫁ぐのですもの。これはおめでたい話だわ」

女将の勢いに押され、キーラもようやく喜ぶ気持ちになれたらしい。ぼろぼろと涙をこぼし、幾度も「良かった」と漏らしていた。

こうなっては、尚更引き返せない。

「あ、ありがとうございます、女将さん……ばあやもそんなに泣かないで……」

引き攣《つ》りながら礼を述べる以外、エイヴリルに何ができたと言うのか。

「それじゃ、行きましょう。エイヴリル様」

「えっ」

クリスティアンに手を引かれ、処刑場に連行される気分で食堂の二階に向かった。

せめて母が強硬に反対してくれないか――などとこの期《ご》に及んで尻込《しりご》みし、淡《あわ》い期待を抱く。

だが当然そんな奇跡は起こらなかった。

身分を大事にするエイヴリルの母にとって、娘が同等の家に嫁げることはこの上ない喜びだったからである。

「まぁまぁ、クリスティアン！　貴方立派になって！　今はシャンクリー伯爵家令息なのよね？　ああ、素晴らしいわ。夫もきっと喜んでくれるはずよ。本当に良かった……！」

おいおいと咽《むせ》び泣く母を前にして、エイヴリルはチラリとでも結婚回避方法を考えていたことを恥じた。

母は母なりに、娘の行く末を案じていたのだろう。

たとえかつての生活や常識を捨てられず、日がな一日部屋に閉じこもって我が身を嘆いていただけだとしても。

――仕方ないわ……お母様は貴族として生きることしかご存じなかったのだもの……それに、お父様と愛し合っていらっしゃったものね……。

博打で莫大《ばくだい》な借金を作った挙句《あげく》、家族を残してあっさりあの世に行ってしまった父だが、家族にとっては大切な人だった。

父親としてはイマイチだったかもしれないけれど、エイヴリルも愛していたし、何より母にとって掛け替えのない伴侶だったのだ。

これまで生きることに精一杯で、ろくに父の死を悼《いた》んでこなかった自分が恥ずかしい。

何とも情の薄い娘だ。

泣き続ける母を目にして、エイヴリルは内省した。同時に、両親を羨《うらや》ましくも感じる。

――お父様には散々苦労をかけられたけれど、それでもお母様は変わらずお父様を愛していらっしゃるのね……

そんな夫婦関係を自分も築いてみたかったと考えかけ、緩く頭を振った。

甘い夢など見ない。そう心に誓った直後にこの様だ。これから先、自分は愛のない結婚という償いに身を殉《じゅん》じる決意を固めたばかりなのに、情けない。

エイヴリル・アディソン。

こうして実家没落の憂《う》き目から一転、貴族社会に戻ることとなったのである。

第二章　初夜は想定外

身体の線がはっきり分かる薄布一枚を纏い、エイヴリルはちんまりとベッドの端に腰かけていた。

クリスティアンとの再会から、僅か一か月で結婚式を挙《あ》げ、そして今夜は初夜である。

高位貴族にとってはあり得ない展開の早さに、未だ心が付いて来ない。少しでも気を緩めると、これまで数えきれないほど浮かんだ『何がどうしてこうなった？』という疑問に頭が支配されてしまうのだ。

――それにしても、シャンクリー伯爵家の財力はすごいわね……噂には聞いていたけれど、かつての我が家よりもずっと上だわ……

室内を見回し、エイヴリルはそっと息を吐いた。

豪華な内装や調度品は、どれも新婚夫婦のために新調されたものだ。極上の品に囲まれ、そわそわと落ち着かない。

かつては貴族令嬢として自分も恵まれた生活を享受《きょうじゅ》していたが、今では質素な暮らしが骨の髄《ずい》まで浸《し》み込んでいる。分不相応と感じ、身の置き所がないのだ。

何より、大人二人が寝そべっても余裕がありそうなベッドが頂けなかった。

天蓋《てんがい》付きの寝台は、見事な彫刻が施されている。所々埋め込まれているものは、本物の宝石のようだ。いったいこれだけでいくらするのかと、気が遠くなった。

――これ一つで、何年分のパンが買えるかしら……ううん、冬用の温かい最高級の羽織《はおり》ものだって、お母様とばあやの分を一生分揃えてもおつりがくるんじゃない？

エイヴリルは座ることさえ申し訳なく感じ、最初は部屋の真ん中で所在なく突っ立っていた。足が疲れてしまい、流石《さすが》に今はベッドに腰かけているけれども。

――こんなに立派なものを用意してくれなくてもいいのに……どうせ思惑塗《まみ》れで偽りの結婚なんだし、体裁が整っていれば充分他の人たちの目をごまかせるわ……

夫婦の寝室と言っても、クリスティアンがこの部屋を使う機会はない気がする。

嫌いな女と一緒では、心も身体も休まらないだろう。

使用人や親族の目を欺《あざむ》くために、形ばかりは足を運ぶかもしれないけれど――

――明日からは私用の小さな部屋でも用意してもらおう。何なら続き部屋に横になれるソファーを置いてもらうだけでもいいわ。そうすれば、このベッドを彼に明け渡せるものね。

どうせ一人寝をするなら、この部屋を使うべきなのはクリスティアンの方だ。

エイヴリルなら、硬いベッドでも毛布一枚あれば眠りにつくことができる。この四年間で、どこでも睡眠をとれる特技を身に付けていた。

――それにしても、私付きの使用人がこんなに気合いを入れて支度《したく》をしてくれたのに、無駄にするのは心苦しいわ……

エイヴリルは自身の格好を見下ろして、瞳を陰らせた。

繊細な絹《きぬ》のナイトドレスは、最高級品だ。

エイヴリルの体形に見事に沿う、オーダーメイドであることが窺える。

ランプの光を絞った室内でも淡く発光するかのように、美しく煌《きら》めいていた。下品ではない程度の透《す》け感があり、女なら大抵の者がうっとりとしてしまうだろう。

けれど見せる相手は、たぶん興味など欠片《かけら》も持たない。

クリスティアンにとっては、エイヴリルがどんな格好で待っていようと、どうでもいいことだからだ。

一応花嫁であるエイヴリルを飾り立て、準備に奔走してくれた使用人たちの努力を無にするのは辛い。しかし彼が自分に触れることなど、想像すらできなかった。

――クリスティアン様が来るまで一応起きて待っていようと思っていたけれど、この時間になってもいらっしゃらないなら、今夜は来ないかもしれないわね……

友人たちと飲み明かすという建前で、花嫁であるエイヴリルを放置する気かもしれない。

思い浮かんだ可能性に、エイヴリルは苦笑した。

初夜に夫から見向きもされない花嫁など、屈辱以外の何物でもない。けれど最初から分かっていたことだ。むしろ初《しょ》っ端《ぱな》に自分の立場を再認識させてくれ、礼を言うべきなのか。

「……もう眠ってしまおうかしら」

「――酷いですね。僕を待たずに夢の中に行ってしまうつもりですか？」

エイヴリルが溜め息交じりに独り言《ご》ちた刹那《せつな》、ノックもなく扉が開かれた。

室内に入ってきたクリスティアンは湯あみした直後なのか、赤い髪が僅かに湿っている。ガウンを羽織っただけの胸元がチラリと覗き、匂い立つほど艶《つや》やかだった。

「い、いらっしゃったのですか？」

「当たり前でしょう。今夜は僕らの初夜で、ここは二人の寝室ですから」

驚きのあまり、エイヴリルは間の抜けた質問をしてしまった。

どこを見ればいいのか分からず、無意味に瞬きながら視線をさまよわせる。

いつだって乱れなくきっちりとした服を着ていた彼の印象からは、かけ離れた姿に狼狽《ろうばい》した。

亡くなった父親ですら、こんな無防備な格好でいるところを目にしたことはない。

今までのクリスティアンと、どこかが違う。何だが視界に入るだけで、ゾワゾワとした心地にさせられた。

「そ、う……ですね」

「はい」

クリスティアンがエイヴリルの隣に腰かけ、ベッドの左隣が沈み込む。

体温を感じる距離感に、鼓動が跳ねた。

どうやら彼は、初夜に新妻のもとを訪れないことで自分へ恥をかかせるつもりはなかったらしい。それなら、今の内に寝室を分ける話をしておこうとエイヴリルは思い立った。

「あの……私の寝床を、続き部屋に作っていただけません？　お互い、その方がいいでしょう？」

慣れない状況に緊張のあまり声が上擦《うわず》る。

いかにも生娘めいた怯《おび》えを隠そうとして、エイヴリルはツンと顎をそびやかした。

弱々しい女だと思われては駄目だ。もっと鼻持ちならない嫌な女だと嫌悪されるよう、振る舞わなくては。

「……どういう意味です？」

「同じ寝室など、使う気にならないでしょう。眠る時に他人が近くにいては、ゆっくり休めませんもの」

不本意な婚姻でうんざりしているだろうから、せめて就寝時くらいクリスティアンには安らぎを得てほしい。勿論自分の仕事はきちんと果たす。

そう考え、エイヴリルは素晴らしい提案をしたつもりだったのだが。

「——ああ、そういう意味ですか」

途端に彼の声音《こわね》が低く固くなった。隣から立ち上る空気も、重く澱《よど》んだものになる。

「クリスティアン様？」

「結婚自体は随分素直に受け入れたと思ったら……なるほど、そういう腹づもりだったのですね」

「え？　あの？」

原因は不明だが、彼が苛立っていることは理解できた。

子どもの頃、どんなに意地悪や嫌がらせをしても気に留《と》めた様子のなかったクリスティアンが怒りを露《あらわ》にしていて、吃驚《びっくり》する。

彼の眉間に皺が寄り、口元から笑みが消えるのを、エイヴリルは初めて目にした。

表情の抜け落ちた美形は、とてつもなく恐ろしいのだと突きつけられる。見せかけでも保っていた微笑が消え去れば、こんなにも威圧感と恐怖を他者に抱かせるものだったとは。

「こ、怖い顔をするのはやめていただけません？」

「させているのは貴女ですよ」

クリスティアンの大きな手に肩に触れられた――と感じた次の瞬間には、エイヴリルはベッドに押し倒されていた。

見上げた先には、整い過ぎた男の顔。その向こうに、豪奢《ごうしゃ》な天蓋が広がっている。

背中を受け止めてくれたベッドの柔らかさが、どこか非現実的だった。

「結婚式で、取り消しはできないと言いましたよね？」

「え、ええ。私も取り消すつもりはありません」

確かに言われたが、エイヴリルも今と同じように答えたはずだ。だったら何故彼が機嫌を損ねたのか、ますます分からなかった。

「私、何か貴方の気に障《さわ》ることを言いました？」

「……無自覚ですか？　余計に質《たち》が悪いですね。――いえ、それでこそエイヴリル様です」

冷笑を刷いたクリスティアンの唇が、艶《なま》めかしく蠢《うごめ》く。

濡《ぬ》れ髪《がみ》を掻《か》き上げる仕草に、色香《いろか》を嗅《か》ぎ取ってしまった。

節のある長い指はどこか官能的だ。自分とはまるで違う、筋張った甲も嫌いではない。骨格を感じさせる手首や大きな掌も、つい眺めていたくなる。

指先からこぼれる赤髪をエイヴリルがついじっと見つめていると、彼が双眸《そうぼう》を細めた。

「……人参、または安っぽい赤錆《あかさび》色は、今でもお嫌いですか？」

「え……？　……あっ……」

瞬間的に何の話か分からなかったが、すぐにかつて自分がクリスティアンに向け放った悪口だと思い出した。

幼い頃はそんな侮蔑《ぶべつ》を嬉々《きき》としてぶつけていたのだ。

「わ、私」

「当時と同じように、娼婦の髪色でみっともないと思いますか？」

酷いことを言った。

本当はみっともないだなんて少しも思っていなかったのに。

彼が父親に連れられ、初めてアディソン伯爵家にやってきた時、情熱的な色だと目が惹《ひ》きつけられた。大好きな花の色にも似ていると感動したのだ。

しかしその後、大人たちの陰口を耳にしてしまった。

『クリスティアン坊ちゃんは、あんな髪色でさえなければ、完璧なのにねぇ！』

『本当だよ。あれじゃあ場末の娼婦だって、まだお上品な色をしているよ』

使用人たちの軽口は、普段自分たちをこき使う貴族への嫉妬《しっと》が多分に含まれていたのだろう。中でも一番立場が弱い者を悪し様《あざま》に罵ることで、積もり積もった不満を解消していたのだと思う。

だが子どもだったエイヴリルにそんな彼らの機微など理解できず、ただひたすら『みっともないと嘲笑《わら》われるものを綺麗《きれい》だと感じてしまった』ことに動揺していた。

この国で赤毛はあまり好まれないというのも、後々になって知ったことだ。

最初は抱いていなかった価値観。しかしいつしか、エイヴリルの中で定着していた。

赤毛はみっともない。

嗤《わら》われても仕方がないもの。

自分がクリスティアンを馬鹿にするのは、間違ったことではない――何故なら『皆が』言っていることだから。

救いようがないほど愚かだ。

過去の己の醜悪さを思い出し、エイヴリルの胸が鋭く痛んだ。同時に、かつての彼は今の自分以上に傷ついたはずだと思い至る。

――謝りたい。でもそれは私の心を慰《なぐさ》めるだけで、クリスティアン様の救いにはならないのだわ……

求められていない謝罪に何も価値はない。

エイヴリルが担《にな》うべき重荷を彼に負担させ、罪悪感を軽減したいだけだ。だったら、自分にできるのは押し黙ることだけだった。

無言になったエイヴリルに何を思ったのか、クリスティアンの瞳に焔が揺らめく。

ランプの光が投げかける影が、密度を増した気がした。

「……流石《さすが》に、この愛らしい唇からあの頃のような意地の悪い言葉はポンポンと飛び出してこないのですね。エイヴリル様も大人になったということですか」

「んっ……」

彼の指先で下唇を弄《いじ》られ、エイヴリルは掻痒《そうよう》感に身を震わせた。

つ、と横に滑った人差し指が、強引に口内に押し込まれる。クリスティアンの指を噛んでは大変だと思い、慌てて顎の力を抜いた。

「ですが貴女の辛辣《しんらつ》さは、別の意味で磨《みが》きがかかった。本当に残酷な人です」

「ふぐっ……」

舌を押されたせいで、彼の言葉の意味を考える余裕は奪われた。

少し苦しい。催吐《さいと》感が込み上げ、涙が滲《にじ》む。それでもクリスティアンはやめてくれず、中指までエイヴリルの口腔《こうこう》に侵入させてきた。

小振りな自分の口に、男性の指は質量が大き過ぎる。たちまちいっぱいになり、眼を白黒させた。

「……貴女の中は熱くて柔らかいですね。ああ早くこちらも味わいたい」

思わせ振りな手つきで下腹を撫《な》でられ、エイヴリルは身を強張《こわば》らせた。ただ触《さわ》られただけでないことは、経験のない自分でも分かる。妙に官能的で粘着質な触れ方は、明確な意図を宿していたからだ。

「ふぁ……っ」

「何です？　まさか初夜に夫が妻を抱かないなんてことを期待していたのですか？」

違う。期待ではなく、諦《あきら》めていたのだ。

しかしそれを伝える術はなかった。

相変わらず口の中には彼の指。しかも舌を押さえられていては、どうしようもない。

首を左右に振れば歯でクリスティアンの指を傷つけてしまいそうでできず、エイヴリルには瞳で訴える以外の方法が思いつかなかった。

触れられた腹の薄布越しに、彼の高い体温が染み込んでくる。自分の身体が常より冷えていたことに、初めて気がついた。

「残念ですね。正式な夫婦になったのだから、義務は果たしていただきます」

――義務。

そうだ。たとえ交換条件の果てに結ばれた婚姻でも、役目は完遂《かんすい》しなければならない。

クリスティアンをシャンクリー伯爵家の後継者として確立させること。そして妻の役割を。

エイヴリルは主に社交を担えばいいと思っていたが、考えてみれば妻の仕事はそれだけではない。跡《あと》取りをもうけること。本来なら、貴族にとってこれこそが最も重要だ。

再会以来、あまりにも忙しくて冷静に考える暇がなかったから、すっかり頭から抜け落ちていた。

どうすれば彼に償えるかばかり思いを馳《は》せ、夫婦生活にまで意識が回らなかったのだ。漠然と『仮面夫婦になるのだな』などと諦念《ていねん》と共に受け入れていただけ。

跡取りに関しても、養子を迎えて互いの家を継がせればいいとぼんやり思っていた。

狼狽に、エイヴリルの瞳が揺れる。

縋《すが》るものが欲しくて、意識しないままシーツを握り締めていた。

「往生際《おうじょうぎわ》悪く暴れないことだけは褒《ほ》めて差し上げます」

エイヴリルの口から指を抜き取り、クリスティアンが唾液塗れの指に舌を這《は》わせる様から目が離せない。

信じられないほど淫靡《いんび》で、背徳《はいとく》感に溢れていた。

彼がその間、一度もエイヴリルから目を逸《そ》らさなかったせいもある。

搦《から》め取られた視線は解けることなく、エイヴリルを拘束した。呼吸さえ制限され、指一本動かせない。ほんの僅かでも身じろげば、首筋に食らいつかれそうな予感がした。

「この夜着、とても扇情《せんじょう》的でいやらしいですね。貴女によく似合っています」

「なっ……」

いやらしくて似合っているだなんて、皮肉としか解釈できなかった。

昔クリスティアンの髪の色を『娼婦』だと揶揄《からか》ったことへの意趣《いしゅ》返しだろうか。

反射的に、屈辱感からエイヴリルの目尻に朱《しゅ》が走る。

けれどそこを彼の親指で撫でられ、見知らぬ衝動を下腹に感じた。

クリスティアンの手つきが、あまりにも優しかったから。

壊れ物に恐る恐る触れるかの如く、そっと掠めた指先が、そのままこめかみに下りてゆく。

先ほど無理やり口腔を犯してきた強引さとは段違いだ。注がれる視線は渇望《かつぼう》を孕《はら》み、強く何かを訴えかけてきた。

しかしそれが何なのか、エイヴリルには読み切れない。探ろうとした刹那、彼がいつもの微笑《ほほえ》みを張り付けてしまったせいで、引っかかりが指の間を擦り抜けていった。

「逃がしません。やっとここまで手繰《たぐ》り寄せたのに」

吐息が絡むほど近くで顔を覗き込まれ、喉が干上がる。

降りかかる呼気が、火傷《やけど》しそうなほど熱い。

クリスティアンの眼差しも手も、発熱しているのかと疑うくらいエイヴリルの全身を炙《あぶ》っていた。

「あっ……」

頼りなくても両脚を隠してくれていた裾《すそ》をたくし上げられ、肉の薄い女の太腿《ふともも》が露になる。

白い肌は、うす暗い部屋の中で艶めかしい色彩だった。

何の苦労もなかったお嬢様時代に比べ、顔や手は随分日焼けしたけれど、服に隠された部分は昔のままの白さを誇っている。

無防備な太腿を検分されているのを感じ、エイヴリルの全身に汗が滲《にじ》んだ。

「あ、あまり見ないで……っ」

「嫌ですか？　でしたら尚更よく見せてください」

「きゃっ」

ナイトドレスを腰まで捲《まく》られ、下着を露出されただけでも恥ずかしくて堪らないのに、彼は容赦なくエイヴリルの膝を割り開いてきた。

内腿《うちもも》の肌がゾワリと粟立《あわだ》つ。

いくら脚を閉じたくても、間にクリスティアンがいるから叶わない。それ以前に拒《こば》む権利をエイヴリルは持っていなかった。

「小鳥のように震えていますね。いつも自信満々だった貴女らしくない。こういった行為は初めてですか？」

「あ、当たり前じゃない……っ、馬鹿なことを聞かないでください」

何不自由なく暮らしてこられたのは十五歳の時まで。デビュタント直前のまだ子どもだった。それから先は今日まで生きるのに精一杯で、男女交際にかまけている暇などなかったのだ。

だから虚勢を張り、言葉だけは威勢よく吐く。本当は怖くて仕方ないが、怯えを悟られたくなかった。

「それは良かった」

「え……んんっ？」

上体を倒してきた彼に口づけられ、エイヴリルははしたなく脚を大きく開いたまま刮目《かつもく》した。

人生二度目のキス。

物慣れないせいで、いつ呼吸するのかも分からない。

触れ合う鼻と奪われる息。混じり合った唾液を嚥下《えんか》させられ、身体中に火を灯《とも》されたよう。

合間に頬や腕、脇腹を辿られ、擽《くすぐ》ったい。

結婚式の際より長く執拗《しつよう》に貪《むさぼ》られ、エイヴリルはすっかり酸欠になってしまった。

「ん……ふ、ぁっ……」

クラクラする。

涙が滲んで、視界がぼやけた。

やっと唇が解放された時には全身を真っ赤に茹《ゆだ》らせ、忙しく喘ぐことしかできない。末端がジンと痺《しび》れ、指一本動かすのさえ億劫《おっくう》だった。

「……そそられる眺めですね」

「え……あっ」

気がつかない内に、夜着《よぎ》の胸元を飾るリボンが解かれていた。

上は下着を身に着けていない。

左右に開かれた胸元は大胆に晒《さら》され、赤く色づいた頂《いただき》が淫猥《いんわい》に存在を主張している。それがとてつもなく淫らに思え、エイヴリルは顔を背《そむ》けた。

「や……っ」

「駄目ですよ、ちゃんと見てください。貴女が誰に抱かれるのか、最後まで目に焼き付けて」

残酷な指令に、反論する権利はない。

深呼吸しようとして大きく上下した胸が、妖《あや》しく震えた。

「こんな……無理をしなくても、ちゃんと義務は果たします」

エイヴリルは、嫌いな人間には極力関わりたくない性格だ。できる限り視界に入れたくないし、話をするのも苦痛。

まして触るなんて以《もっ》ての外《ほか》だった。

だからクリスティアンも同じではないかと思ったのだ。

憎い相手に我慢して触れる必要はない。

後継者が必要だというなら、本当に愛する誰かとの間にもうけてもらっても構わない。

——本音を言えば辛いけれど、そこは私が口出しできる領分ではないと思っている。

故に良かれと思って言ったのだが——逆効果だったらしい。

先刻よりも彼の醸し出す空気が黒々と濁《にご》る。作り物の笑顔は、再び掻き消されていた。

「……貴女はとことん、僕の気持ちを逆撫《さかな》でする。せめて優しくしたいと思っていましたが、無理なようです」

「きゃっ……」

不穏な宣言をしたクリスティアンに、エイヴリルの下肢を守る下着はむしり取られた。美しかったナイトドレスも、引き裂く勢いで脱がされる。

あっという間に生まれたままの姿にされ、エイヴリルは両手で身体を隠そうとしたが、無駄な足掻《あが》きだった。

両手首を頭上に張り付けられ、男の身体に伸《の》しかかられれば、もはや身じろぎもろくにできない。

嗜虐《しぎやく》的な視線に全身を舐《な》め回され、辱《はずかし》められている心地がする。

いや真実、彼は自分を貶《おとし》め辱めたいのだろう。そうでなければクリスティアンがエイヴリルを抱こうとする理由が見当たらなかった。

「駄目っ……」

「嫌がる貴女を押さえつけて力づくでことに及ぶのも悪くはないですが、できれば否定的な言葉は控えてほしいですね。一応これでも、僕は貴女の夫です」

「……一応……」

ズキズキ痛む胸は、どの言葉に傷つけられたか判然としない。

彼の放つ台詞《せりふ》全てかもしれない。それとも、冷たい眼差しや態度なのか。かつてエイヴリルがクリスティアンに対して棘《とげ》だらけだったように。

――言葉は、こんなにも非道な武器になるのね……ああ、昔の私はどうして軽々しく毒を撒《ま》き散《ち》らすことができたんだろう？

どれだけ反省しても、足りない。

発してしまった言葉は、取り返しがつかないからだ。

言わせてもらえない謝罪の代わりに差し出せるものがあるとすれば、彼が欲しているものだけ。それ以外、自分は何も望まれてはいない。

「……こ、拒む気はありませんわ。どうぞお好きになさってください」

勇気を掻き集め、小憎《こにく》らしい女を演じた。

泣いて嫌がればクリスティアンも罪悪感を抱くだろう。女を痛めつけて喜ぶような人ではないと知っている。

そんな粗暴《そぼう》な人だったら、とっくの昔にエイヴリルへやり返していたはずだ。

けれど記憶にある彼は、いつだって穏やかなまま自分の暴言や暴力を受け止めてくれていた。

内心は、怒りと憎しみで凝っていたとしても。

「――では、遠慮なく」

怜悧《れいり》な黒い双眸が、危険な光を孕んだ。

咄嗟に目を閉じたエイヴリルは、直後に後悔することとなる。

経験したことのない刺激。鋭い痛みを右胸に感じ、慌てて瞼《まぶた》を押し上げた。

「痛っ……」

「エイヴリル様の肌は白く滑らかなので、綺麗に痕《あと》がつきますね」

「は、歯型……っ？」

乳首を取り囲むように、赤い円が残されていた。どうやら噛みつかれたのだと察し、愕然《がくぜん》とする。

婚約期間がひと月しかなかったから花嫁教育は充分受けられたとは言えない。閨《ねや》に関しても、母親が超特急で教えてくれた程度の知識しか、エイヴリルは有していなかった。

つまり乏しい情報しか持ち合わせていないのだが、それでもこんな行為は想像の範囲外だ。

夫婦の営みとは、最初は苦痛を伴っても、基本的には気持ちがいいものだと聞かされていたのだが。

——はっ、まさかこれがお母様のおっしゃっていた『まずは耐えねばならない試練』なのかしら？

それなら、そろそろ終わりが近いはず。

エイヴリルの母は一番大変な山場を越えれば、間もなく終了だから頑張れと教えてくれた。

——何だ……初めては辛いと聞いていたから、もっととてつもないことが起こるのだと警戒していたわ……この程度なら、無事耐えられそう。

「こ、これでお終《しま》いですか？」

予想していたよりも簡単に終わりそうで本当によかった。どうやら母に脅《おど》されただけらしい。

エイヴリルは安堵《あんど》から、全身の力を抜いた。

「ご冗談を。まだ入り口にも立っていませんよ」

「えっ」

けれど油断したのも束《つか》の間《ま》、言うなりクリスティアンに両腿を抱えられ、更に開脚させられた。

下肢を隠してくれるものは何もない。秘めるべき場所を全開にされ、全身の血が沸騰《ふっとう》した。不浄《ふじょう》の場所に焦《こ》げつく視線を感じ、あまりの羞恥で意識が遠退《とおの》きかける。

だが次に与えられた刺激で、エイヴリルは気を失うことすら許されなかった。

「ひっ……」

「ああ、ここも綺麗ですね」

ピタリと閉じた花弁を指でなぞられ、爪先が丸まる。

体内の熱がじわじわ上がり、際限なく高温になって燃えてしまいそう。逃しどころがなく、苦しい。

はくはくと息を吸えば、再びキスで口を塞がれた。

「ん、んぅっ……」

足りない酸素を求めて唇を開いた隙に、肉厚の舌が滑り込んでくる。

逃げ惑うエイヴリルの舌は啜《すす》り上げられ、強制的に粘膜を擦り合わせられた。

口づけは、不思議だ。

身体の一部を密着させているだけなのに、どこか気持ちがよくて思考力を奪ってゆく。

普通に考えれば、他者の唾液を嚥下《えんげ》するなど気持ちが悪いし、考えるだけで寒気がする。しかしクリスティアンとのキスに、不快感は微塵《みじん》もなかった。

それどころか、回数を重ねるほど一層心も身体も昂《たかぶ》ってしまう。

苦しい息の下で、もっとしてほしいと願っている自分が不可解だった。

「ぁ、ふっ……」

解かれた互いの唇の間に、透明の糸がかかる。ひどく淫靡《いんび》な橋はすぐに途切れ、室内に二人分の荒い呼吸音だけが響いた。

「エイヴリル様がこんなに淫らな顔を隠し持っているとは、知りませんでした。きっと、他には誰も目にしたことがないでしょうね」

どこか陶然《とうぜん》とした声音で呟きつつ、彼の手がエイヴリルの上気した頬を撫でる。

瞼や鼻先、耳殻に堕《お》とされた口づけは、まるで労《いた》わられている錯覚を引き起こした。

淫らな顔なんてしているつもりはない。ましてや隠してなどいないと言いたいのに、どうにも上手く口が回らない。

喉元まで出かかった声は全て、掠れた呼気にしかならずに消えていった。

「……ゃ、あ……」

「これからは、貴女が僕を拒絶する度に、噛み痕を増やしてしまいましょうか」

「……っ？」

右胸に刻印された歯型をなぞりながら、クリスティアンが愉悦を滲ませた。

赤い傷に触れられると、チリチリとした痛みがまだある。

こんなものを幾つも刻まれてはかなわないと思い、エイヴリルは慌てて首を横に振った。

「そ、それは困ります」

着替えや入浴の際、使用人たちに見られたらどうするつもりだ。

家が没落して以来、エイヴリルは自分のことは自分で何でもこなせるようになっているけれど、シャンクリー伯爵家の一員となったからには今まで通りとはいかないだろう。既にエイヴリル付きになるレディーズメイドは決められている。彼女が今夜の支度も整えてくれたのだ。

傷痕が一つならどうにか隠せなくもないが、あちこちに複数あっては使用人たちの目をごまかし続けられるとは思えなかった。

「何故？」

「他人に見られたら、恥ずかしいじゃないですか！」

それに、クリスティアンの性癖《せいへき》について妙な噂が立ちかねない。

「……夫婦が仲睦《むつ》まじいのは、使用人たちにとって喜ぶべきことですけどね。それとも、他に見せる予定がおありですか？」

「はい……？」

最初は意味が分からなかったけれど、彼が自分の不貞を疑い、匂わせているのだと悟り、エイヴリルは少なからず衝撃を受けた。

やはり、そういう非常識で恥じ知らずな人間だと思われているのだ。

新婚早々、別の男に身を任せてもおかしくない女だと――

――酷い。

だがそんなふうに思わせているのは、他ならぬエイヴリル自身の過去の行い。あの頃の自分は、我が儘放題で、良識も品格も持ち合わせていなかった。

どうしてクリスティアンを糾弾《きゅうだん》することができようか。

「……お疑いなら、貴方のお好きなようになさればいいわ。どうせもう、私はどこにも行けませんし」

強がりでも吐かなければ、泣いてしまいそう。

彼の前で涙をこぼすことだけは、絶対にしてはならないのに。

「──よく分かっているじゃありませんか。ええ、そうです。エイヴリル様はもう、僕の傍以外のどこにも行けませんよ」

場違いに甘い声で囁かれ、ほんの一瞬現実を見失いそうになった。

まるで熱烈に求められ、希《こいねが》われて嫁いだ花嫁になった気分だ。

エイヴリルを侮辱する台詞とは裏腹に、クリスティアンの手つきが情熱的に感じられるからかもしれない。けれど今だけはそんな勘違いに身を委ねていたかった。

これでもまだエイヴリルは十九歳なのだ。

色々あって世間を斜《しゃ》に構えて見る癖がついてしまっても、夢見る心が完全に枯《か》れたわけではない。

父と母の関係性を思い、『羨ましい』と感じる程度の感傷は残っていた。

──でもそんな事実、気がつきたくなかったな……

いっそ諦めたまま割り切れたらよかった。

もしも彼が自分をもっと手酷く扱ってくれたら、見ない振りを続けられたのだと思うと、恨めしくなる。

道具として利用し尽くしてくれたのなら、心を凍らせたままでいられた。

中途半端に優しさを嗅《か》ぎ取って、気持ちが乱れる。それともこんな感慨をエイヴリルに抱かせることも、クリスティアンの計画の一環なのか。

——だったら大成功ね。

「……首に縄《なわ》をかけられた気分だわ」

「ははっ、それも悪くありませんね。目を離すと逃げ出しそうな貴女に、専用の首輪を贈って差し上げましょうか」

エイヴリルの細首に添えられた彼の手が、僅かに圧を帯びる。

呼吸できないほどの力ではないけれど軽く絞められ、エイヴリルは瞠目した。

こうして間近で密着していると、ガウン越しでもクリスティアンの引き締まった体躯が感じられる。きっと本気で押さえ込まれれば、エイヴリルの首など簡単に折られてしまうだろう。

冗談とは笑い飛ばせない空気に、身動きできない。

しばし見つめ合った後、先に動いたのは彼の方だった。

「……そんなに怯えた目をしないでください。流石に僕も、せっかく手に入れた花嫁を初夜に殺すつもりなんてありませんよ。本気のはずがないでしょう」

嘘だ。

半分か、もしかしたらそれ以上、本気だったはずだ。

いつもの人当たりのいい微笑を浮かべていなかったことが、何よりの証拠。

すっかり委縮してしまったエイヴリルに向けられたのは、本心を窺わせない漆黒の瞳。

だがその奥に、微かな悲しみが感じられた。エイヴリルが意図を掴み取る前に、瞬き一つで掻き消されてしまったけれど。

「……貴女だけが、僕の全てを掻き乱す」

「あっ……」

裸の乳房をクリスティアンの手に包みこまれ、エイヴリルは悲鳴を噛み殺した。

歯形には触れぬよう、慎重に揉《も》みこまれる。自分で触れても何も感じないそこは、かつてないほど感覚が鋭敏になっていた。

ほんの少し頭を起こせば、自分の胸が彼の手で好き勝手に形を変えられている。白い柔肉が卑猥《ひわい》に捏《こ》ねられ、頂の果実が一層赤みを増していた。

下腹が甘く疼《うず》く。

知らない感覚に戸惑い、エイヴリルは淫猥な光景から目が逸らせなかった。

「ま、待って……！」

制止しかけたのは、クリスティアンがエイヴリルの乳房に顔を寄せたからだ。また噛みつかれるのかと思い、痛みに備える。

しかし予想した痛苦は与えられず、逆に背筋が戦慄《わなな》くような快感が襲ってきた。

先ほどエイヴリルの口腔を散々蹂躙《じゅうりん》した彼の舌が、胸の飾りを舐《ねぶ》っている。尖《とが》らせた舌先で硬くなった先端を突き、かと思えばもどかしく擽《くすぐ》る。

強めに吸われると、紛《まぎ》れもない喜悦《きえつ》がエイヴリルの四肢《しし》を震わせた。

「んんっ……！」

「声を堪えないでください」

懸命に口を押えていた手を剥《は》がされ、唇が戦慄《わなな》く。

閨については全て夫に任せろと教えられたけれど、どこまで本気にしていいのか分からなかった。

世の中の夫婦は本当に皆同じことをしているのか。

この後何をされるのか想像できない分、惑乱する。耐えねばならない痛みの試練は、いったいどれほどなのだろう。

羞恥と混乱の中、エイヴリルはつい唇を噛み締めた。すると咎《とが》めるキスが落ちてくる。

「緊張しなくて大丈夫です。僕の言う通りにしてください」

優しくできないという趣旨のことを言っていたのに、ガチガチに強張ったエイヴリルの身体を解《ほぐ》してくれるクリスティアンは真逆だ。

柔らかく囁かれ、つい言いなりになってしまう。

僅かでも恐怖が薄れるならと、促《うなが》されるまま彼の背に腕を回した。

「……可愛《かわい》い」

ほんの微かな呟きは、たぶん聞き間違い。エイヴリルの動揺が作り出した幻聴に過ぎない。

クリスティアンの手が腹を通り過ぎ薄い叢《くさむら》に触れ、エイヴリルはそれどころではなくなった。

「ゃあ……っ」

誰にも触れられたことのない場所に、男の指先が這《は》い回る。

秘裂を上下に摩《す》られると、得体の知れない衝動が大きくなった。

身体の奥。存在も意識したことのない場所が騒《ざわ》めいて仕方ない。むず痒《がゆ》いような落ち着かないものが、どんどん育ち凶悪になっていった。

「さっきよりも、潤んでいるのが分かりますか？」

「ん、ァっ……」

言われてみれば、最初に触れられた時と感覚が違う。乾いていた肌が、湿り気を帯びているような気がした。

ぬるりと滑った彼の指先に肉のあわいを擦られる。ほんの僅か隙間に入りこまれ、エイヴリルはビクリと背筋を強張らせた。

「貴女が僕を受け入れようとしてくれている証《あかし》です。でもまだ足りない」

「……ひっ？」

両腿を抱え直されたと思ったら、身体を二つ折りにされた。

頭と肩だけがベッドについた状態で、下半身を持ち上げられる。ふしだらに開脚したまま恥ずべき場所を天井へ向かせられ、エイヴリルは愕然とした。

「クリスティアン様……っ？」

「貴女の花が、よく見える」

恥ずかしさが、限界値を突破した。

全身に新たな汗がぶわりと浮かぶ。苦しい体勢から逃れたくても、不安定なせいか上手くいかない。

せめて脚をばたつかせようとしたが、がっちり抱え込まれていては無理だった。

「や、やめてください」

「お断りします」

「ひぅっ」

これ以上の辱めはない、と思った直後、エイヴリルは自分の認識の甘さを突きつけられた。

無防備な蜜口に、彼が口づけたからだ。

「き、汚いですっ」

自分の知る常識から、かけ離れ過ぎている。

不浄の場所を舐めるだなんて、絶対にあり得ないことだった。

この体勢では後孔《こうこう》だって丸見えなのではないか。そう考えれば、意識が遠くなる。

己の恥ずかしい場所を全部暴かれ、自尊心が砕かれた。だが同時に、絶大な快楽を得ているのも事実だった。

「……ぁ、あッ……」

ぴちゃぴちゃと音を立てクリスティアンが舌を蠢《うごめ》かせる度、喜悦《きえつ》が弾《はじ》ける。尿意に似た感覚がせり上がり、勝手に爪先へ力が籠った。

敏感な花芯を舐め転がされると、全身がひくつく。

いくら口を閉じようとしても、嬌声《きようせい》が漏れるのを完全に抑えることはできなかった。

「あ……う、ゃあ、あっ……」

「貴女の蜜が溢れてきました。どんどん垂れてしまう。……勿体ないな」

「ひ、ぁんッ」

陰唇にピタリと吸い付き啜《すす》られて、エイヴリルは髪を振り乱した。

黄金の髪が、シーツの上で淫らに広がる。

忙《せわ》しなく上下する胸が汗と彼の唾液で濡《ぬ》れ光り、誘うように揺れた。

しかしそちらには見向きもせず、クリスティアンはエイヴリルの下肢に狙いを定めたらしい。

蜜路へ彼の舌が捻《ね》じ込まれ、なけなしの余裕は駆逐《くちく》された。

「ぁあっ……あ、駄目、いやぁっ……！」

無垢《むく》な肉洞の中をグネグネとクリスティアンの舌が暴れ回る。何物も受け入れたことのない内壁は、まだ狭く硬い。

それでも覚えたての快楽を拾おうとするのか、次第に柔らかく綻《ほころ》んできた。

膨れ上がる淫悦の中、エイヴリルの腰が無意識にうねる。

もはや恥ずかしさを忘れ、ただ不規則に身を震わせることしかできなかった。

「んん……っ、ぁ、変、何かきちゃう……！」

体内が破裂しそうな予感を覚え、エイヴリルのこめかみへ涙が一筋流れ落ちた。

熱くて苦しいのに、それらを上回るほど気持ちがいい。処理しきれない快感に翻弄《ほんろう》され、全身が制御を失った。

身体の中で暴れる嵐がどんどん大きくなる。飛び出す隙を狙い、荒れ狂う。

だがこれを解放してしまえば取り返しがつかなくなる気がして、エイヴリルは必死に堪えた。

息を止め、目を閉じる。

けれどその程度の抵抗で押さえつけられるほど、甘い快楽ではなかった。

「……ぁああっ」

強く淫芽に吸い付かれた瞬間、世界が弾けた。

視界が真っ白に光り、音が消える。乱打する自身の心音だけが、エイヴリルを現実に引き戻した。

恐ろしいほど疾走する鼓動が、なかなか静まってくれない。駆け巡る血潮の勢いに合わせて、いつまでも愉悦が引いては寄せた。

「……ぁ、あ……」

「上手に達せましたね、エイヴリル様。初めてとは思えない敏感でいやらしい身体です」

「ふ、ぁ……」

臍《へそ》の下、下腹を淫らな手つきで撫でられ、たったそれだけの刺激からでも淫悦を灯される。

抱え上げられていた両脚がやっと解放され、腰から下がベッドに下ろされても、はしたなく広げられた脚を閉じられずエイヴリルは呆然《ぼうぜん》としていた。

子どもの頃だって、これほど激しく心臓が脈打ったことなどない。

整わない呼吸の下、足りない息を吸い込むのが精一杯。頭がクラクラし、ものを考えるのも億劫《おっくう》。

弛緩《しかん》した手足を投げ出し、横たわる他に何もできなかった。

――痛みの試練はまだ超えていない……それなら、いつこの責め苦は終わるの……？

快楽も過ぎれば毒だ。

まして何も知らない無垢《むく》なエイヴリルには、立て続けに与えられる愉悦は苦痛に似ていた。

嬲《なぶ》られた秘裂がジンジンと疼く。

もうやめてほしいと願いながら、何かを期待してひくついているのが、自分でも分かってしまう。とろりと溢れた蜜が、自身の太腿を伝い落ちていった。

このまま眠ってしまいたい――そんな淡い希望が叶えられないことくらいエイヴリルだって理解している。

それでもクリスティアンの指先に花弁を割られ、激しく動揺した。

「あっ……」

「まだ狭い。あと何度か達せば、解《ほぐ》れますかね」

「何度か……っ？」

ではまたあの何もかも遠退《とおの》くような激しい絶頂感を味わわねばならないのか。

一度だけでも大変だったのに、これ以上同じことをされては堪らない。何度もあの高みに押し上げられては、きっとエイヴリルはおかしくなってしまうだろう。

それほどあの感覚は強烈で、危険なものだった。

「待って、クリスティアン様……っ」

せめて完全に落ち着いてからにしてもらいたい。儚い願いを込め彼の手を拒もうとしたエイヴリルの手は、乱暴に指を絡めて繋がれ、シーツに押しつけられた。

「僕の理性を試す真似はやめてもらえますか。ここまできてニコニコ笑ってやり過ごせるほど、心が広くないんです」

こちらを射貫いてくる真剣な双眸に、気圧される。

クリスティアンも余裕がないのだと唐突に悟った。

エイヴリルの腿に擦り付けられる硬いものの正体を察し、頭が沸騰する心地がする。

男性は興奮すると、身体の一部が変化をもたらすと母から聞かされていた。それでは彼は一応、エイヴリルに欲情しているのか。

異性の生理について詳しくないのではっきり言えないし、中には相手が誰であれ反応を示す者もいると思う。

それでも、ほんの少し嬉しいと感じてしまった。

――どんな理由であれ、求められている……

必要とされている事実に、心が潤う。こんな風に思うのは、父という後ろ盾を失って以来、エイヴリル自身の価値が大暴落したからだ。

いや、本当は最初から見せかけの価値でしかなかったものの鍍金《メッキ》が剥がれたに過ぎない。歴史ある裕福なアディソン伯爵家のお嬢様という化粧を施されていなければ、エイヴリルそのものには何一つ魅力も力もなかったことに気がついていなかっただけ。

——でも歪《いびつ》な形であっても、この人は『私』を必要としてくれている……

歪んだ充足感がエイヴリルの内側に広がった。

だったら、もっと欲してもらいたい。

奥歯を噛み締め、虚勢を掻き集める。昔を思い出し、嫌味たらしく口角《こうかく》を引き上げた。

「……ごちゃごちゃ能書《のうが》きを垂れて勿体ぶらず、さっさと終わらせてください」

心にもないことを言い放った瞬間エイヴリルの胸が軋《きし》んだが、効果は絶大だったらしい。

目を見開いたクリスティアンの表情が強張り、黒い瞳がどろりと濁った。

額《ひたい》に落ちかかる赤毛の隙間から、こちらを凝視する双眸に冷ややかな焔が揺れる。その火力は音もなく大きくなっていった。

「——我が妻のお望み通りに」

「……あっ」

乱暴にガウンを脱ぎ捨てた彼は、それを無造作にベッドの下へ投げ捨てた。

いつにない粗野な仕草に、クリスティアンの苛立ちが嫌と言うほど滲んでいる。

完全に怒らせた。

これまでなら何を言っても手応えがなく、気分を害した様子はあれども、激怒することなど一度もなかったのに。

一糸纏わぬ姿になった彼が掻き上げた前髪が、再び瞳を半分隠す。

厚い胸板に引き締まった腹。筋肉の凹凸がはっきり分かる腕は逞しく、指先までがしなやかで美しい。

絵画に描かれた英雄や、教会に飾られた天使像だって、ここまで雄々しく美麗ではない。

見惚れるほどの造形美に、エイヴリルは瞬きすら忘れた。

けれど現実逃避ができたのはそこまで。

蜜口に押しつけられた硬いものの存在に、ぼうっとしていた意識は引き戻された。

「や、あ」

とても大きさが合わないと思うものが、エイヴリルの入り口を抉《こ》じ開《あ》けた。目一杯広げられた花弁が苦しい。

隘路《あいろ》を引き裂かんばかりにクリスティアンの剛直が押し込まれる。濡れ襞《ひだ》を強引に掻き分けられ、エイヴリルの肉洞が限界を訴えた。

「痛……っ、ぐ……っ」

乳房を噛まれた痛みなど、比べものにならない。

あれは一応手加減されていたのだと、今更思い知る。

小刻みに腰を揺すられ、内側が焼けるように痛い。まるで傷口を擦られているみたいだ。

何度も『やめて』と叫びかけ、その都度エイヴリルは言葉を呑みこんだ。

「――ねぇ、エイヴリル様。優しくしてほしいと言ってみてください。僕の気が変わるかもしれませんよ」

てっきりエイヴリルの苦痛に歪む顔を嘲笑っているのかと思っていた彼は、ぐっと上体を倒し不釣り合いに甘い声音を注いできた。

息を乱しているのだから、クリスティアンもまた苦しいのかもしれない。いや、そうであってほしいという願望が見せた幻か。

激痛に耐えるエイヴリルには判別できず、息も絶え絶えに『試練』へ挑むだけ。せっかく被《かぶ》った『根性の曲がったお嬢様』の仮面を、今手放すわけにはいかないのである。

「……っ、嫌、です」

報復するに足る鼻持ちならない嫌な女であれば、必要としてもらえる。

だからエイヴリルは、痛めつけ留飲を下げられる底意地の悪い女のままでいなければならない。

涙で滲んだエイヴリルの視界は不明瞭で、彼の表情は見えなかった。ただクリスティアンの指が食い込むほど強く肌を掴み、一気に腰を押し進められる。

熱せられた杭《くい》に内側から焼かれそう。歯を食いしばって耐えていると、彼の汗がエイヴリルの上に降り注いだ。

体液が混じり合い、呼吸が重なる。

「息を、吐いてください……っ」

「無理……っ」

辛うじて絞り出した返事は、クリスティアンに聞き取れただろうか。確かめる余力はない。

――お母様の嘘吐《うそつ》き……！　激痛は一瞬で終わるとおっしゃったのに、このままじゃ私、縦に真っ二つになるわ……っ
どれだけ大変でも、最終的には必ず受け入れられるから安心しろと教えられていたけれど、嘘としか思えなかった。

男性の楔《くさび》に個体差があるなど考えもしないエイヴリルは、自分の夫の大きさが平均値を越えていることなど知る由もない。

また彼が強い自制心を持って念入りに解そうとしてくれていたことも、分かるはずがなかった。

「痛いですか？　でも、エイヴリル様が悪いんですよ」

まさにその通り。ぐうの音も出ない。

酷くされても仕方ないと思い、エイヴリルは強く目を瞑《つぶ》った。すると、乱れた金の髪をクリスティアンにゆっくり撫でられる。

「く、ぅ……んっ……」

「……は……っ、これで、本当に僕らは夫婦になりました」

男と女の腰が隙間なく重なり、彼の屹立《きつりつ》を全て呑み込めたことを伝えてくる。

相変わらず蜜路は痛くて堪らない。それでもクリスティアンがあまりにも甘く互いの鼻先を擦り合わせてくるから、エイヴリルは涙の絡む睫毛を震わせた。

「あ、ぁ……」

「強情な貴女は、最後まで僕に縋《すが》ろうとはしてくれませんでしたね。——でも、それでこそエイヴリル様だ」

褒めているのか貶《けな》しているのか。

どちらか問い詰められるほど、余裕はなかった。

腹の中を支配され、苦しい。傷痕を抉られるような痛みも一向に治まってはくれない。けれど奇妙な達成感がエイヴリルの身体を満たしていた。

「今度こそ……これで終わり……？」

話すだけで下腹に力がこもり、余計に痛みが増す。舌足らずな問いかけになってしまった自覚もないまま、エイヴリルは涙でけぶる瞳を彼に据えた。

「……っ、そうして差し上げたい気持ちもありますが、もう少しお付き合いください」

「え……」

上体を起こしたクリスティアンが、腰を捉えていた片手を下に滑らせる。辿り着いたのは二人が繋がる場所の少し上だった。

先刻舌で転がされ、散々弄ばれた花芽はすっかり慎《つつ》ましさをなくしている。赤く膨らみ、卑猥に濡れ光ったそこを摘まれ、エイヴリルの踵《かかと》がシーツに新たな皺を刻んだ。

「……ゃ、あっ?」

痛みで忘れかけていた快楽が一気に戻ってくる。

舌とはまた違う指での刺激は鮮烈で、彼は時に捏《こ》ね回し、時に弾き、かと思えば絶妙な力加減で押し潰してくる。

エイヴリルの小さな蕾《つぼみ》はますます充血し、貪欲《どんよく》に快感を享受した。

「や……ぁんッ、クリスティアン様、それは駄目……っ！」

「いい、の間違いでしょう?　だってこんなに新しい蜜が溢れてきますよ」

彼を頰張《ほおば》る陰唇を指でなぞられ、エイヴリルの全身が粟立った。

きゅうっと内側が収縮し、クリスティアンの形が生々しく伝わってくる。しかし痛いだけだった感覚とは、何かが変わり始めていた。

ジクジクとした痛苦の向こうに、種類の違うざわめきがある。

太腿が不随意《ふずいい》に痙攣《けいれん》し、生理的な涙が溢れた。

花芯を責められると淫らな声が漏れてしまい、二本の指で擦り合わせられても、親指に撫で回されても気持ちがいい。根元から扱《しご》かれると、もうどうしようもなかった。

「ひ、ぁっ、あ、あああ……っ」

勝手にシーツから浮いた腰が、いやらしく動いて止められない。

エイヴリルは縋るものが欲しくて、彼に両手を伸ばしていた。

また、あの逞しい背中に両腕を回したい。クリスティアンの硬い肌に触れていると、不思議なことに安心感があった。

必要以上の密着など彼は望んでいないかもしれないが、抱きしめてほしい衝動に抗《あらが》えなかったのだ。

「エイヴリル様……」

切実さを孕んだ男の声音を耳が拾う。

幻聴でいい。

最後に会った時はまだ残されていた少年らしさが、今では微塵《みじん》も感じられない。あるのは、成熟した男性の色香だけ。

それでも変わらないものがあった。

エイヴリルの霞《かす》む視界の中で、クリスティアンの赤い髪が揺れる。

当時はこれでもかと馬鹿にし、嘲笑っていた鮮やかな赤。

本当は触れてみたかったその髪に、エイヴリルは偶然を装いそうっと指先を遊ばせた。

少しだけ癖のある彼の髪は柔らかく、しっとりとした感触が心地いい。何故昔は、素直に触らせてほしいと言えず、嫌がらせで引っ張る真似などしたのだろう。

分からない。

けれどたぶん、一瞬でもいいから自分の方を見てほしかった。

——その他大勢と私を同じ扱いにされるのが、許せなかった……

本気でそんなことを思っていたのだから、あの頃のエイヴリルは傲慢さが服を着て歩いていたみたいだ。笑い事ではないけれど、嗤《わら》ってしまう。

——ごめんなさい。

告げることを求められていない謝罪を胸に、エイヴリルは体内にあるクリスティアンの楔を締めつけた。息を詰めた彼が、動きを止める。

「……酷いですね、食い千切られるかと思いました」

「う、あっ……」

軽く腰を動かされ、痛みと愉悦が拮抗《きっこう》する。

弄られ続けた淫芽は可哀想なほど赤く膨れ、エイヴリルの愛蜜とクリスティアンの唾液でテラテラと濡れ光っていた。

「そんなに焦《あせ》らなくても、途中でやめたりしません。ここまで漕《こ》ぎつけるのに、僕がどれだけ苦労したと思っているのですか？」

熟れた花芯を指で集中的に責められながら、彼の剛直で緩々と貫かれる。

ベッドが軋み、いやらしい水音が重なった。肉を打つ乾いた音が混じり、部屋中が淫猥に染め上げられる。

彼の律動《りつどう》に合わせ、エイヴリルの視界の揺れは激しさを増した。

「あ……っあ、ァあッ……、や、あん……っ」

「……っは、声が甘くなってきました。気持ちいいですか？」

心理的にも肉体的にも余裕はなく、答えられるわけがない。しかしエイヴリルの身体は正直だった。

最奥《さいおう》から新たな蜜がどんどん湧き出し溢れてくる。

串刺《くしざ》しにされた激痛は次第に薄れ、代わりに快楽が全身を侵《おか》していった。触れ合う肌の全てが熱く、喜悦を呼ぶ。

落ちかかるクリスティアンの汗の滴《しずく》や、湿った荒い呼気さえも愉悦の燃料にしかならなかった。

「あっ……また、変になる……っ」

汗を飛び散らせ、エイヴリルはシーツの海に溺れ身悶《みもだ》えた。

ジワジワと快感の水位が上がってくる。飽和すれば、再び真っ白な世界に放り出されるだろう。何もかも奪われるようなあの瞬間が恐ろしく、同時に待ち遠しい。

たった一晩で、自分はすっかり作り替えられていた。

人は痛みより快楽に弱い。こみ上げる絶頂感に、堪えられるわけがなかった。

「駄目、……っあ、あ、嫌ぁっ……！」

「いくらでも変になってください。僕が貴女を壊して差し上げます。……エイヴリル様が僕を壊したように——」

彼の後半の呟きは聞き取れなかった。悦楽の波に呑まれ、エイヴリル自身の嬌声に掻き消されたからだ。

「あっ……あああッ」

喉を晒して甲高く鳴けば、ビクビクと全身が踊る。クリスティアンの肢体にしがみ付き、痙攣《けいれん》が治まるのを待つしかない。

弾ける。何もかもが。圧倒的な快楽に押し流されてゆく。

「……っ」

眩暈がするほど艶めいた呻《うめ》きを漏らした彼が、強く抱き返してくれた。

エイヴリルの腹の中に、熱い迸《ほとばし》りが放たれる。その奔流《ほんりゅう》の激しさにもう一段高みに飛ばされ、いつまでも法悦《ほうえつ》の海を揺蕩《たゆた》った。

「……ぁ……あ」

己の内側を大量の子種で満たされた意味が分からないほど子どもではない。

エイヴリルは指を動かすのも気怠《けだる》い中、自らの腹へ触れた。

汗まみれの肌は、かつてないほど発熱している。飛び出してしまいそうに暴れる心臓の音が、彼に聞こえなければいいと思う。

――実を結んだら、いいな……

償いや義務としてではなく、ごく自然にそう願った。

――愛し合っている夫婦でもないのに？　子どもが可哀想じゃない。でも私は――

けれど深く考える間もなく、エイヴリルの意識は眠りの中に転がり落ちていった。

第三章　お披露目《ひろめ》は計算高く

「若奥様、傷薬をお塗りします」

「えっ、自分でやるから大丈夫よ！」

着替えを手伝ってくれているレディーズメイドに言われ、エイヴリルは慌てて胸元を掻き合わせた。

結婚式から一週間。

つまり初夜からも一週間経ったのだが、右胸の噛み痕はまだ完全には癒《い》えていなかった。

幸い血が出るほどの深い傷ではなかったけれど、内出血したのか痣《あざ》になっているのだ。

控えめに言っても痛々しい。使用人たちが気にかけるのも当然である。

初めて結ばれた夜の翌朝、エイヴリルが目を覚ますとクリスティアンは既に仕事に行っており、部屋の中にいたのは己一人だった。

静まり返った寝室。温《ぬく》もりの消えた自分の隣。

ベタベタだったはずの身体は拭き清められたのかさっぱりとしていたし、ナイトドレスも着せられていたけれど、夫婦の寝室にポツンと取り残されたエイヴリルは何とも惨《みじ》めだった。

その事実に言いようのない寂しさを抱いたことは覚えている。しかしそんな感傷はすぐに打ち消されることとなった。

朝の支度を手伝いに来たエイヴリル付きのメイドに、ばっちり胸の噛み痕を見られたからである。

『まぁ……』

基本無駄口を叩かず感情を表に出さないよく躾《しつけ》けられた使用人の彼女だが、流石に絶句していた。

それはそうだろう。これから仕える女主人が、いきなりズタボロ状態だったのだから。

エイヴリル自身、朝の光の中で改めて自分の身体を検分してみると、予想以上に酷いことになっていた。

胸元は勿論、腕や脚、腹に至るまで数えきれないほどの鬱《うっ》血《けつ》痕が残されている。他にも明らかに押さえつけられたせいでできた指の痕などが刻み込まれていたのだ。

いったいどれだけ変態的で激しい営みだったのかと、詮《せん》索《さく》されなかっただけマシかもしれない。

メイドの口が堅くて良かったとつくづく思う。

今のところ、跡取り候補のクリスティアンが性癖故に新妻を痛めつけるのが趣味――などという噂はシャンクリー伯爵家内で流れていない。

その点だけはホッとしていた。

——ああでも時間の問題かもしれないわ……

あれから噛み傷は増えていないが、エイヴリルの身体から赤い花に似た鬱血痕が消えることはない。最初の晩のものが黄色く変色しても、毎晩上書きされてしまえば同じことだ。

昨晩だって、背中へ執拗に口づけられた。

——後ろは見えないけれど、きっと酷いことになっているわ……ああ、恥ずかしい……

どれもギリギリ服で隠せる場所だが、何の弾《はず》みで他人に見られるか分かったものではない。その相手がペラペラとあることないこと吹聴《ふいちょう》する者であったら、いったいどうなってしまうことやら。

考えるだけで憂鬱《ゆううつ》になるエイヴリルは、この数日で癖になった溜め息を漏らした。

「奥様、温めたタオルをお持ちいたしましょうか。気になる部位だけでも当てておけば、多少は色味が薄れるかと思います。少々場所が多いので難儀ですけれど」

「ありがとう。——でもいらないわ」

彼女の心遣いはありがたいが、どうせ無駄だ。

消えたら消えた分だけ、また痕を残されるのだから。

使用人に余計な仕事を増やすだけだと思い、着替えを終えたエイヴリルは早々に人払いをした。

一人でいる時だけ、心が休まる。

「……疲れた」

人前ではまっすぐ伸ばしていた背筋から力を抜き、エイヴリルはソファーに倒れこんだ。身体の節々が痛い。

特に、口で言うのが憚《はばか》られる箇所が。

昔よりも体力や筋力は格段についたはずなのに、酷使する場所が違うと話が変わってくるらしい。

エイヴリルが本当に欲しいのは傷薬などではなく、疲労感を吹き飛ばしてくれる栄養剤だ。滋養強壮用の薬でもいい。

勿論、馬鹿正直に言うつもりはないけれど。

「想定外よ……」

てっきりもっと冷えている上、割り切った夫婦関係になると覚悟していたのに、結婚以来毎晩欠かさずエイヴリルを抱くクリスティアンには驚きである。

そんなに頑張らなくてもいいのにと無礼なことを考えつつ、自らの腰をトントンと叩いた。

彼の思惑が読み切れない。

昼間顔を合わせることはほとんどないが、極力食事は一緒に取るし、夜は必ず抱き合って眠る。これでは本物の夫婦みたいではないか。

しかも回数がおかしい。

初めての夜は一度しか身体を求められなかったが、それ以降は一晩に二度三度と挑まれるのだ。絶対におかしい。

世間一般の男女が全員、こんなに身体を酷使しているなんてエイヴリルには到底信じられなかった。

――まさかお父様とお母様も……？　いいえ、娘としては知りたくないわ。考えちゃ駄目。

そんなわけで、夜はろくに眠れない。

しかも、買われた身としては昼間に惰眠《だみん》を貪るわけにもいかず、完全に睡眠不足である。自分には、求められている役割があるのだ。

エイヴリルはあちこち痛む身体を庇いつつ、昨日届いた母からの手紙の件を思い出した。

母は今、キーラと一緒に暮らしている。

クリスティアンが静かな田舎町に立派な屋敷を用意してくれたのだ。勿論、生活に不自由がないよう、充分な使用人も揃えてくれた。

あの空気と景色が綺麗な場所なら、母の気鬱《きうつ》も和《やわ》らぐだろう。王都から遠いことで、『没落貴族の奥方様』という好奇の目に晒される心配もない。

自分にはしてあげられなかった親乳母《おやうば》孝行をしてもらい、彼にはいくら感謝しても、し足りなかった。

しかもそれだけでも充分ありがたいのに、クリスティアンはあれこれと母に贈り物をしてくれているらしい。

昨日届いた手紙の中に、母から感激の言葉が並べられていた。

曰《いわ》く、沢山の食べ物や栄養のある珍味、真新しいドレスに身を飾る宝飾品――様々なものが頻繁に送られてくるらしい。

ご丁寧にも母とキーラの健康を気遣う手紙が常に添えられているそうだ。

そんな娘婿《むこ》に感動し、母はエイヴリルがいい人に見染められて本当に良かったと文章の中で繰り返していた。

「……クリスティアン様は優しいのね……」

打算によって娶った妻の家族にまで、こうして気を配ってくれるのだから。

ありがたい。けれど微かに疼くこの胸の痛みは何だろう？

エイヴリルは不可思議なモヤモヤを振り払うため、頭を振って思考を切り替えた。

ぼちぼち己に課された仕事に取りかからねばなるまい。

「さて、私は私のやるべきことをしなくちゃ。婚姻から一週間……そろそろお披露目がてら夜会に顔を出すべきね……」

結婚後最初に夫婦揃って出席する姿を見せつけ印象付けるのは、今後を占う上で重要である。

つまり、どの貴族と繫がりを深くするつもりなのかという意思表示そのもの。失敗は許されないのだ。

となると、大事なのは誰の主催する会に顔を出すのかだった。

エイヴリルは眼前に置かれた手紙の束を検分する。全て、この一週間で届いた夜会への招待状だ。

「まず、アディソン伯爵家と敵対していた家は問題外。それから我が家が落ちぶれた瞬間離れていった家も論外ね」

手紙の束から半数近くを除外する。

残った中から、お付き合いしても目立った利益が得られそうにもないところも、抜いていった。

厳選を重ね、エイヴリルの手元に残った招待状は三通。

一つはクロイドン公爵家。家柄で言えばこの中で一番高いけれど、近年は当主が高齢のせいか、さほど目立った活動はしていない。どちらかと言えば、万事中立型でどんな揉め事や権力争いからも一歩引いている立場だ。

次にマクレガン伯爵家。ここはもともとシャンクリー伯爵家と親密だった。しかしクリスティアンの義父である現当主の前妻が亡くなって以来、活発な交流が途絶えている。

最後はモリンズ男爵家。家格は高くないが、最も裕福で成功を収めた新興貴族。今一番勢いのある家かもしれない。

「さて、どうしたものかしらね」

エイヴリルは三通の招待状をカードのように掲げ持ち、じっくりと考えこんだ。

どの家も、懇意になれば強力な後ろ盾になってくれるだろう。しかし一歩間違えれば、厄介な敵になりかねない。

クロイドン公爵は表舞台に出てこないとは言え、王家と密接な関係にある。万が一拗《こじ》れれば大問題に発展する恐れがあった。

マクレガン伯爵は一度懐に入れれば情に厚い方だが、気難しい人であると聞いている。そもそもシャンクリー伯爵家と疎遠になったのも、親族の誰かが些細《ささい》なことで怒らせたかららしい。今でもその一件を根に持っているとしたら、藪蛇《やぶへび》になりかねない。

モリンズ男爵は新しく爵位を賜《たまわ》ったばかりのせいか、信頼に足る人物かどうか判断する材料が足らな過ぎる。ただ、他のどの家よりも、顔が広いのは確かだった。

彼らに共通しているのは、クリスティアンと敵対している叔父や従兄弟たちと懇意にしていない点である。更に言えば、エイヴリルと僅かでも面識があることだった。

「クロイドン公爵様には、小さい頃可愛がってもらったことがあるし、マクレガン伯爵夫人はほぼ他人だけれど遠い遠い親戚、モリンズ男爵様は一時期、お父様の仕事相手だったわ……」

糸のようにか細い繋がりでも、伝手は伝手だ。利用しない手はない。

多少強引でもここを突破口にしてみせる。そして、クリスティアンの味方になってもらうのだ。

故にエイヴリルは絶対初動を誤るわけにはいかなかった。

「私たちが動けば、必ずシャンクリー伯爵家の方々の耳に入るはずだもの」

エイヴリルは結婚式の会場で初顔合わせをした親戚たちを思い出し、遠い目をした。

一言で表現すると、『強烈』としか言えなかったためだ。

彼の義父は穏やかな老紳士で、以前から知っている母親も、おっとりとした夫人のままだった。つまり義理の両親に関しては何の問題もなかったのだが――

問題は義父の弟たちとその子どもらである。

誰も彼も金に目をぎらつかせて、隙あらば相続の話しかしていなかった。

曰く、『他人にシャンクリー伯爵家を乗っ取られる』だとか『どうせ金目当てで取り入ったのだろう！』と直接エイヴリルを詰《なじ》ってくる輩もいた。

結婚式というめでたい席で、何を考えているのやら。

控えめに言って、常識がない。

しかし相手の為人《ひととなり》をろくに知らない人が突っかかってくる場合、悪口の大半は自己紹介だ。

自分が指摘されたくないこと、言われて嫌なことを相手にぶつければ、効果的に傷つけられると思っている。

他者の見た目を嘲笑う者は己の容姿に自信がないのだし、加齢を馬鹿にする輩は若さ以外、自らの価値を見つけられていないだけだ。

つまり、『シャンクリー伯爵家を乗っ取り』『金目当て』なのは言った本人自身が抱いている思惑でしかない。

後ろめたいからこそ攻撃的になり、それらの言葉が武器になり得ると思っている。

昔、散々他人の悪口を撒き散らしていたエイヴリルだからこそ、よく分かった。

相手の弱みを突いているつもりで、実際のところ攻撃は最大の防御とばかりに拳を振り上げているのみ。

もしも自分の中に疚《やま》しさが欠片もなければ、捩《ねじ》れた意地の悪い発想など容易に出てこないものなのである。

——ああ……まさか昔の根性悪がこんな場面で役に立つとは思わなかったわ……だけど敵がその程度だと分かっただけでも収穫よね。ある意味扱いやすいもの。

クリスティアンからどうにかして家督を奪おうと跋扈《ばっこ》している敵——もとい親類たちの思考が理解できるなんて、皮肉としか言いようがなかった。

意地が悪い者同士、不本意ながら通じ合うところもある。

とにかくクリスティアンの地盤を固められるまで無駄に彼らを刺激したくないし、可能なら秘密裏に有力貴族と繋がりを持ち、力を蓄えたいのだ。

そのためにも事は慎重に運ばなくてはならなかった。

「悩ましいわね……」

「——何をそんなに悩んでいるのですか？」

ノックと共に開かれた扉の向こうには、今まさにエイヴリルを悩ませる元凶である夫が立っていた。

仕事中に抜け出してきたらしく、今日は前髪を後ろに流している。形のいい額が、彼を一層魅力的に見せていた。

「び、吃驚《びっくり》した……突然声をかけないでください」

「夫が妻へ話しかけるのに、許可が必要ですか？　それにノックはしましたけど？」

わざとらしく扉の内側を二度拳《こぶし》で叩き、クリスティアンが部屋に入ってくる。脚が長いので、僅か数歩でエイヴリルの傍まで辿り着いてしまった。

傍らに立つ彼に見下ろされ、ひっそりと息を整える。

「お仕事は大丈夫なのですか?」

「休憩中です……夜会の招待状ですか?」

「ええ。私たちが一緒に人前に出るのに、最初はどの方が主催する夜会に出席すべきかを悩んでいます」

エイヴリルが選んだ三人の名前が見えるよう招待状を彼に差し出せば、クリスティアンがざっと目を走らせた。

「……絶妙な人選ですね。クロイドン公爵とマクレガン伯爵は表舞台で目立った活躍をされてはいませんが、堅実。モリンズ男爵は飛ぶ鳥を落とす勢いでも、今のところ新参者……シャンクリー伯爵家の面々は歯牙にもかけていないでしょう」

「はい。ですから狙い目だと思います。私もこの方々なら、面識がありますし。クリスティアン様はどの方と交流を持つのがいいと思いますか?」

「貴女はどうお考えですか?」

質問に質問で返され、エイヴリルは答えに詰まった。

これは、試されているのだろうか。誰と回答するのが正解なのか悩む。

熟考した末、エイヴリルが出した結論は。

「……マクレガン伯爵様、でしょうか。上手くいけば、今後発言力としても財力としても強い後ろ盾になってくださると思います」

　仮にクロイドン公爵だと、年齢的に不安があった。まだかくしゃくとしていらっしゃるはずだが、いつ何時健康を害するのか、神のみぞ知る、だ。またモリンズ男爵は今後もっと力をつけるとしても、即戦力として弱いと判断した。

「……ふふ、私も同じ考えです。ただ問題は、あの方とシャンクリー家は、もう何年もろくに連絡を取り合っていないという点ですね」

　どうやら合格点を貰えたらしい。

　内心ホッと息を吐き、エイヴリルはソファーの上で背筋を伸ばした。その隣に、彼が腰を下ろす。

「現在、まるで行き来がないのは私も知っています。そのことでお聞きしたいのですが、原因は何だったのですか？」

　エイヴリルはこれでも貴族社会の裏話に関して詳しいつもりだった。けれど流石に二十五年以上前のことまでは知らない。何せ生まれてすらいなかったのだから。

「僕も詳細な事情は聞いていません。義父に聞けば何か知っている気もしますが……突然こんな話題を振ったら、怪しまれる可能性がありますね。そして間違いなく、叔父たちの耳に入るでしょう」

　顔を突き合わせ、二人で首を傾げる。

　しかも不意に目が合い、クリスティアンがニコリと笑った。

あまりにも優しい笑みは、作り物とは思えなかった。本当に自然とこぼれた笑顔に見えたのだ。

「え……っ」

するとつられてエイヴリルの口角も上がりかけ、慌てて顔を伏せた。

こうしていると、互いの間に確執などない気がしてくる。普通に会話ができて、何だか擽《くすぐ》ったい。

照れを隠しながら恐る恐るエイヴリルが顔を上げると、予想外にごく間近からこちらを見つめるクリスティアンとまた目が合った。

「……っ」

動揺で鼓動が大きく脈打つ。

揺れた視線はしかし、すぐさま彼に吸い寄せられていた。

「あの……」

ドキドキして胸が苦しい。口づけられそうな距離に身動きできない。逃げようにも、ソファーの端に座っているエイヴリルは、後ろに退《さ》がることすら叶わなかった。

昨晩も執拗に刻まれた快楽が思い起こされ、下腹がジンと疼く。この一週間教え込まれた快感のせいで、自分がすっかり淫らになったことを自覚した。

彼の気配を感じるだけ、声が聞こえただけ、見つめられただけで、花弁が潤んでしまう。

はしたな過ぎる変化を知られたくなくて、エイヴリルは唇を引き結んだ。

クリスティアンがこちらに身を乗り出してきて、余計に二人の距離が縮んでゆく。伸ばされた彼の手に頬を撫でられ、もう瞬きもできなかった。

――まさか、今ここで……っ？　まだこんなにも明るい昼間なのに……！　いいえ、朝と言っても過言ではないわ……！

クリスティアンの黒い双眸の奥に劣情の焔を認め、尚更エイヴリル自身の身体も熱くなる。夫婦の寝室が、急に淫靡さを深めた。昨晩の生々しい息遣いが聞こえた気がして、エイヴリルの全身が茹《ゆだ》るほど熱を孕む。

損得関係で結ばれただけの夫婦なのに、彼はいつも情熱的かつ優しくエイヴリルに触れてくる。『優しくできない』なんて脅しは、最初の夜だけ。

後はもう、蕩かされる一方でめくるめく愉悦の夜が繰り返されているのだ。

視線を絡めたままこちらに伸ばされてくるもう片方の男の手。触れられれば、また何も考えられず快楽の坩堝《るつぼ》に堕とされてしまう。

クリスティアンの指先がエイヴリルの頬に触れるまであと少し――

「こ、こんな時間から駄目ですっ――」

「目の下が黒くなっていますね」

甘い感情に引き摺《ず》られかけていたエイヴリルの心は、彼がこちらの涙袋の辺りを指摘したことで霧散した。

「く、黒い……？」

「寝不足ですか？　かなりどす黒い。これは酷いな」

「ひ、酷いって……だ、誰のせいだと……っ」

甘い誘惑に抗うため、最後の理性を総動員しクリスティアンの身体を押し返そうとした両手が虚《むな》しい。目の前には涼しい顔をした彼がいる。

どうやら揶揄われたのだ。クリスティアンはわざと艶めかしい空気を醸し出し、エイヴリルを勘違いさせたのだろう。

その証拠に、企《たくら》みが成功したと言わんばかりの笑みが、彼の顔に広がっていった。

——は、恥ずかしい。こんな昼日中に、私は何を考えているの……！

エイヴリルは悔しさから両頬を手で押さえ、鋭くクリスティアンを睨んだ。

「ふふ、その勝気な目。やっと見られました。昔はよくそうやって僕を睨みつけていましたね」

「え……ぁっ」

つい気の強さを発揮して彼を睨《ね》めつけてしまった。慌てて取り繕うにも、時すでに遅し。

「あれ？　隠してしまうのですか？」

頬だけでなく顔全体を覆ってエイヴリルが俯《うつむ》くと、彼が横から覗き込んでくる。それどころか手首を掴まれ、強引に引き剥がされた。

「ちょ……っ」

「ねぇ、エイヴリル様。もっと僕を罵ってくださいよ。あの頃と同じように、小馬鹿にして、叩いてくださっても結構ですよ」

「はい……っ？」

予想していなかったことを言われ、思考が停止した。

クリスティアンは今、何を言っているのだろう。

きっと聞き間違いだ。いや自分の妄想に違いない。そうでなければおかしい。いっそエイヴリル自身が精神的に病《や》んで聞こえた幻聴だと言われた方が、救われる心地がした。

「従順なエイヴリル様など望んでいません。猫を被る必要はありませんよ」

しかし非常に残念ながら、現実であったらしい。

「な、何をおっしゃって……」

「再会以来、無理をしているのではありませんか。僕を蔑まなくていいのですか。それとも下品な赤毛の男に組み敷かれるのが、存外癖になりましたか？」

声音だけは甘く、口説き文句のように。

だが言われていることは変質的だ。

エイヴリルは激しく後ろに仰《の》け反《ぞ》りながら、グイグイ距離を縮めてくる彼から離れようとした。

「自分を押し殺した、行儀のいい普通の貴女を手に入れたいのではありません。もっと僕の手に負えないくらいで丁度いい。ね？　だから本音を言っても結構ですよ。幸いここには僕以外誰もいない。外面のいい貴女も気にせず本心を晒せるでしょう？」

「お、おっしゃっている意味が分かりません！」

「本当は、僕のことが嫌いでしょう？　こうしている今も、嫌悪感で叫びたいのではないですか」

「え……」

微塵も思っていなかったことを言われ、呆然とした。

確かに、子どもの頃はクリスティアンの姿を目にすると苛々《いらいら》した。

他の子どもらとは違い、エイヴリルのご機嫌を取ってくれない彼を、憎たらしいとも感じていた。けれど再会してからは一度たりともそんな風に思ったことはなかったのに。

あまりの驚きで一言も返せなくなったエイヴリルに何を思ったのか、クリスティアンの唇が自嘲に歪む。

「ほら、どうぞ。――もっとも、どれだけ抵抗し泣き叫ばれたところで、今更手放す気はありませんけど」

初夜に目にした暗い翳《かげ》りが再び彼の目によぎった。

今のはどういう意味なのか、考えてもまるで分からない。

いつしかソファーの端まで追い詰められたエイヴリルは、クリスティアンが肘《ひじ》置きに手を置いたせいで完全に閉じこめられていた。

「……僕に言いたいことが沢山あるんじゃありませんか？」

言いたいことはある。でも聞いてくれないのは彼の方だ。

求められていない謝罪を口にしても、きっとクリスティアンの欲しいものではないだろう。だったら。

「……ではお言葉に甘えて言わせていただきますけれど、毎晩その、しなくてもいいと思います。私たちが偽《にせ》の夫婦でないことは、充分周りに印象付けられたはずですし！」

使用人に生温かい目で着替えを手伝われたくない上、何より体力が持たない。

エイヴリルは口調に棘を持たせつつ、本音をぶちまけた。

正直、彼と肌を重ねることは嫌いではない。しかしものには限度があるのだ。この頻度で続けられたら、目的を果たすどころの騒ぎではない。

その前に死ぬ。切実にそう思った。

「そろそろ寝室を分けても、差し支えないと思いますけど？」

「……ふうん……まだそんなことを言うのですね。どうやら僕の努力が足りないらしい。もっとエイヴリル様が誰のものなのかしっかり分からせなくてはいけませんね」

「え？　何をぶつぶつおっしゃっているのですか？　私の話、聞いてらっしゃいます？」

肩にかかった髪を勢いよく手で撥ね退け、エイヴリルは必死で悪女を演じた。

ここで引いたら、何のために結婚したのか分からなくなる。腹に力を入れ、クリスティアンを見返した。

「そもそも夜のあれこれは不要なのではありませんか？　いずれは跡継ぎが必要だとしても、今この時でなくてもいいでしょう」

万が一エイヴリルが妊娠してしまえば、簡単に動き回れなくなる。

後継者を決める大事な時期に彼の助けができなくなるではないか。それでは何の意味もない。

自分は正しいことを言っている――そう信じエイヴリルは説得に力を込めた。

「ですから今早急にすべきは、夫婦揃って夜会に出席することと、寝室を別にすることです！」

だがしかし、高らかにした宣言は圧倒的な沈黙に押し潰された。

室内が、シンと静まり返る。

先ほどまで仮初めにも漂っていた甘い雰囲気は、木《こ》っ端《ぱ》微塵に砕かれた。

「……前者に異論はありません。ですが後者は却下です。議論する余地もない」

「何故です？　クリスティアン様だって、無駄なことをしたくないのではありませんか？」

「無駄、ね。貴女はそう考えているということですか」

どうにも会話が噛み合わない。居心地の悪さを感じ、エイヴリルは座り直した。

「当たり前です。その度に疲れ果てていては、どこかで失敗をしかねません。それでは私がクリスティアン様と結婚した意味がない」

確信をもって言い放てば、彼が目を細めた。

――あ……

まずい。どうやらまたもや本気で怒らせた。ひりつく空気で一気に全身が粟立つ。

二度目なので、エイヴリルには前回より彼の怒りが敏感に察せられた。だがそんなことは何の救いにもならない。

言い訳した方がいいのだろうか。けれど真実だ。本当のことを言って気分を害されても、こちらだって困る。

エイヴリルが慌てていると、クリスティアンにソファーから抱き上げられた。

「きゃっ」

「僕は無駄を省くより、むしろ楽しむ方なんです。今後のため、覚えておいてください」

「え、あの、お仕事はっ？」

「先ほど申し上げたように休憩中です。少しばかり戻るのが遅れても、愛《いと》しい新妻と過ごしているのだと見逃してもらえるでしょう。我々は仮にも新婚ですから」

だったら早く戻ってほしい。彼が多忙なのは知っている。

不安定な立場を守るため、人並み以上に努力し義父に認められた人なのだ。

クリスティアンの母が再婚後、彼がすぐ留学したのも、クリスティアン自らが願い出たことらしい。見聞を広め、知識を得、人脈を広げて義父の力になりたいと申し出たと噂に聞いた。

そして見事に留学先で成果を出したからこそ、血の繋がった親族を押しのけ、後継者候補の筆頭に躍り出たのだ。

つまり、エイヴリルに構っている暇などあるまい。

――そもそもクリスティアン様は私以上に寝不足でお疲れのはずよね。体力が違うと言っても、私よりずっと精力的に働いていらっしゃるんだもの……

ならば時間があるなら休んでほしい。

ベッドに運ばれそうになり、エイヴリルはジタバタともがいた。

「やめてください、眠りたいならお一人でどうぞ！」

「妻が目の前にいるのに、一人でしろと？　……随分斬新で残酷なことを提案しますね」

「何をおっしゃっているのか判じかねますが、とにかく下ろしてください！」

決して筋骨隆々ではない彼だが、エイヴリルを抱える腕は逞しい。少しくらい自分が暴れたところでびくともしなかった。

だが抵抗をやめないエイヴリルに嫌気がさしたのだろう。

まっすぐベッドに向かっていたクリスティアンの足が止まる。――バルコニーに続く大きな窓ガラスの前で。

「……仕方ありませんね。貴女のお望み通り、下ろして差し上げます」

「あ、ありがとうございます……えっ」

床に爪先が接触し、安心したのも束の間。エイヴリルは正面から窓に押しつけられた。背後にはクリスティアン。

彼とガラスの間で押し潰される形になった。

「あ、あの？」

「エイヴリル様は今すぐ下ろしてほしかったのでしょう？」

「そう……ですけど、何か違うような……」

背中にピッタリ張りつかれた状態は、希望したことと若干異なる。エイヴリルの望みは、自分を解放し、クリスティアンに一刻も早く仕事に戻ってもらうことだったはず。

「お仕事は？」

「休憩中だと何度も言いましたよね？」

「でしたら、お茶でも……」

「ああ、喉は渇いています」

そう言った彼に顎を摘まれ、エイヴリルは強引に横を向かせられた。身体はべったり窓に押しつけられたままだ。

首を捩った不自由な体勢が少し苦しい。しかし不満を述べるより先に、深いキスで口を塞がれていた。

「んぅっ？」

最初から舌を絡め合わされ、口内を舐め回される。唾液は啜られ、合わせた唇からは淫猥な水音が奏《かな》でられた。エイヴリルの顎を掴んでいたクリスティアンの手が、もっと口を開くことを要求してくる。

彼の親指で下顎を押し下げられ、口づけがより荒々しいものになった。

「ふ……くぁっ……」

互いの密着度が増し、エイヴリルは窓をベチベチ叩いて圧迫感を訴える。しかし欠片も意に介さないクリスティアンはむしろ全身で覆《おお》い被さってきた。

――あ……

腰から臀部《でんぶ》にかけて擦りつけられる硬いもの。

それが何なのか、考えるまでもなく察してしまう程度に、もうエイヴリルはその異物感に馴《な》染《じ》んでしまっていた。

彼の興奮の証を生々しく感じ取り、ゾクゾクと愉悦が込み上げる。

甘い疼きが体内に灯され、体温が上がっていった。

しかしここは外から丸見えの窓際。もし庭園に誰かがいれば、室内で行われていることが簡単に覗かれてしまうだろう。

シャンクリー伯爵家の使用人たちが積極的に覗きに精を出すとは思っていない。だが不可抗力というものが世の中にはあるのだ。

見たくなくても視界に入ることもある。更にはついうっかり、自分が目撃したことをもらしてしまう可能性もゼロではない。

ただでさえエイヴリル付きの使用人には閨での異常性を疑われているのに、こんな場面を見られたらと思うと、気が遠くなった。

「お、お戯れはいい加減にしてください」

「貴女の希望を叶えただけですよ」

「え、曲解しないでください！」

誰も、こんな場所で他人の目に触れる危険を冒したいなどと言った覚えはない。だが今ならまだ引き返せる。

キスだけなら、新婚夫婦が仲睦まじくしていると微笑ましく思ってもらえるかもしれない。

しかしこれ以上は問題外だ。

「くだらない冗談に付き合うつもりはありませ……ひっ？」

できる限り冷たく断ろうとしたエイヴリルは、クリスティアンにスカートを捲られ慄《おのの》いた。

たくし上げられたのは後ろ。正面からなら、何の変化もないだろう。けれど剥き出しにされた脚に、空気の流れを感じて肌が粟立った。

「あまり大きな声を出すと、誰かに聞かれますよ？　何かあったのかと、様子を見に来る者もいるかもしれません」

「えっ……」

忠告の振りをした脅迫に、背筋が凍った。

誰にも見られたくはない。

エイヴリルは素早く窓の外に視線を走らせた。今のところ、庭園には誰もいない。敷地の外は遠過ぎて、こちらが何をしているかはっきり見える心配はないと思われる。

だがしかし、世は無常。

辛うじて安心した直後、薔薇《ばら》の剪定《せんてい》をしている庭師が視界に飛び込んできた。どうやら丁度木の影に入り、束の間エイヴリルからは死角になっていたようだ。

「ク、クリスティアン様、人が……！」

若夫婦の寝室は、景色のいい庭園が臨める日当たりがいい場所にある。四季折々の花や木を楽しめるよう、シャンクリー伯爵夫妻が心を砕いてくれたのだ。

けれど今はそんな気遣いが恨めしい。

こちらから見えるということは、向こう側からも目視できるということに他ならない。つまり、もしも庭師が顔を上げれば、この部屋で何が行われているのかばっちり見られるということだった。

「ああ、いますね。エイヴリル様、見つかりたくなければ声を出さないでくださいね」

彼の中に『ではやめましょう』という選択肢はないらしい。

ドロワーズ越しに太腿から尻を撫で上げられ、エイヴリルは悲鳴を噛み殺した。

震える喉から漏れたのは、声になりきらない呻き。

苦痛からではない。淫らな喜悦が掻き立てられた故だ。

「それに暴れれば、窓が割れるかもしれません。危険ですから気をつけて」

だったら今すぐやめてくれと視線で訴えても、秀麗な笑顔一つで流される。

クリスティアンは僅かに身体を起こし、窓に押しつけていたエイヴリルの腰を抱いてきた。

「やっ……」

ドレスの中に彼の片手が侵入し、背後からエイヴリルの腹へ回ってくる。同時に腰を後ろに引かれ、尻を突き出す体勢を強要された。

両手は窓ガラスについたまま。ひんやりとした感覚が現実逃避も許してくれない。

僅かに前傾姿勢になったエイヴリルは、怖々庭師の動向を見つめていた。

――お願い、絶対にこちらを見ないで……気がつかないで……！

初老の庭師は、しゃがみ込んで作業を続けている。鋏《はさみ》を動かし、熱心に薔薇の生垣を整えていた。

「……僕以外の男を見つめるのは面白くありませんね」

「嫌ぁっ……」

呟いたクリスティアンに腹の前で結ばれたドロワーズの紐《ひも》を解かれ、下着がエイヴリルの脚を滑り落ちた。

床に落とされた白い布を見下ろし、いっそ意識を手放したくなる。今エイヴリルの下半身を守ってくれる砦《とりで》は、何もないのだ。

外気に晒されているであろう尻に、脈打つ硬いものが再び押しつけられる。

彼は服を乱していないのに、先刻より感覚が余程生々しい。

震えるエイヴリルの唇から漏れたのは、酷く艶めいた吐息だった。

「駄目……」

「嘘吐き」

彼の熱を帯びた手で前から内腿を撫でられ、スカート部分がゴソゴソ動いているのが視界に入った。

エイヴリルが普通にしていれば、離れた位置からなら何が起こっているのか分からないはずう。だ。まさか布一枚隔てた下で、とてつもなく淫らなことに耽《ふけ》っているなど、見抜かれないだろう。

こんな時間。いつ誰に見咎められるとも知れない場所で――

「ほ、本当にいけません……っ、クリスティアン様……！」

「では命令しては如何《いかが》です？　貴女が命じれば、僕は喜んで昔のように犬や馬の如く四つん這いになりますよ？」

「そんなこと……！」

過去の過ちを突きつけられ、エイヴリルは眩暈がした。

償いを求められているのだと思う。謝罪は望まれていなくても、彼がしたいようにさせることこそ、自分が受けるべき罰だ。

どんなに恥ずかしくても屈辱的でも、拒む権利などないのである。だがそれでも。

「ク、クリスティアン様ご自身の評判を落としますよ……っ」

「そんなもの、どうでもいい。僕は貴女を自分と同じところまで堕として汚してやりたい」

「ご親戚方に妙な噂を立てられては困るでしょう！」

エイヴリル自身のことはともかく、守りたいものがある。

何を根拠に足を引っ張られるか分からないならば、用心を重ねるに越したことはなかった。

「へぇ……まるで僕の身を案じているかのような物言いですね。流石はエイヴリル様。人の心を弄《もてあそ》ぶのがお上手だ」

「失礼ね、弄んでなどいません！」

わけの分からぬ非難には強気で言い返し、エイヴリルは後ろに立つ彼を振り返った。

「……命令しろとおっしゃいましたね。では言わせていただきます。今すぐこの手を放してください。そしてお仕事にお戻りになって」

クリスティアンの自分に対する嫌悪は承知している。しかしその憎しみに囚われて、目的を見失わせたくはない。

あくまで全ては彼のために。そう信じ、エイヴリルは大きく息を吸った。

「私に触らないでくださる⁉」

これだけ嫌な言い方をすれば、クリスティアンもうんざりするだろう。自分を抱く気も失《う》せるに違いない。

後でしっぺ返しがくるかもしれないが、それは些末《さまつ》なことだ。どうせもう充分嫌われている。

これ以上悪感情を持たれたところで大差がないなら、建設的に前へ進んだ方がいいと思ったのだ。

しかし。

「……揶揄うだけでやめて差し上げようと思っていましたが、気が変わりました」

「えっ」

盛大にやり方を誤ったらしい。

エイヴリルを窓に押しつける彼の力があからさまに強くなった。

両手でどうにか支えていた身体は押し潰され、今や胸と頬がガラスに密着した状態にされる。少し痛い。いや、かなり苦しい。きっと外から見たら、エイヴリルの顔は面白おかしく歪んでいるはずだ。

「ふ、ぐぐ……クリスティアン様っ？」

「どうして貴女は、優しくさせてくれないのだろうね」

「ひぁっ……！」

ドレスの下で晒された下生えを、さわさわと男の指が撫でてゆく。擽ったくて、もどかしい。

まだ触れられてすらいない花弁がはしたなくもひくついた。

「待って……」

「お断りします」

「ぁっ……！」

陰唇に触れられた瞬間、腰が戦慄く。エイヴリルの下腹がきゅんと疼いて、全身に汗が浮いた。

「おや？　嫌がっていた割には、期待もされていたようですね」

「ち、違っ……」

言葉だけの否定は空々しい。

そんなことは自分自身が一番よく分かっている。

既にエイヴリルの蜜口は、甘く潤み始めていた。

「いやらしい人だ。昼間から何を考えていたのです？」

「や、夜会の招待についてです。先ほど話し合ったではありませんか……！」

意地悪く問いかける彼の腕からは逃れられない。

そんな権利がないこと、あまりにも強い力で押さえつけられていること、暴れたり大声を出したりするのが難しいこと――様々な理由をつけ、エイヴリルは従順にならざるを得なかった。

いや本音では、クリスティアンが与えてくれる快楽に溺れかけているのだ。

夜ごと植え付けられた官能の種が、全身に根を張っている。

躾けられた女の身体は貪欲で、もはや自分自身よりも彼に知り尽くされていた。エイヴリルがどこをどうすれば悦《よろこ》ぶか、全て把握されているのだ。

「ええ、聞きました。マクレガン伯爵が最終候補でしたね。あの方のお子様は全員独立していますが、奥方は宝石集めが趣味らしいです。エイヴリル様は宝飾品に詳しいですか？」

「教養として最低限のことは……っ、頭に入っています。ァっ、ん……必要であれば、もっと勉強します……ぁあっ」

ごく普通に会話をしながら、蜜路に指を沈められる。

内壁をゆっくり往復されると、たちまち愉悦の水位が上がり、考えるどころではない。だがクリスティアンは重ねて問いかけてきた。

「是非そうしてください。ちなみにエイヴリル様はどの宝石が一番お好きですか？」

「ど、どれって……」

裕福だったのは、十五歳まで。当時は大人の女性が身に着ける宝飾品に憧れがあったけれど、まだ似合う年齢ではなかった。

その後は身を飾る暇も余裕もなくなって、自分が何の宝石を好むかなど考えたことがない。質問すらされたことがなく、エイヴリルは困惑した。

――好きな色なら赤だけど、どんな石があったかしら……ルビー？　それともガーネット？　ルベライトもあったわね……全部綺麗だけど、特別好きかと言われれば分からないわ……少なくとも嫌いじゃない。

だが嗜好品《しこうひん》への物欲をなくして以来、真面目に思案したことはなく、ろくに宝飾品を見る機会も皆無だったのだ。

――宝石の王様と言えばダイヤモンド。かつての傲慢な私なら、一番高価な石を選んだかしら……でも私の髪色には深い青のサファイアが似合うと言われたことがあるわ……ああ、正解はどっち？

もしまた試されているなら、間違えられない。

クリスティアンの思惑は謎だが、先刻顔を出すべき夜会の主催者を話し合った時と同じで、エイヴリルへの試験なのかもしれなかった。

そう思えばうかつに答えられず、口ごもる。

「……言いたくないのですか？」

「ぁ、やぁっ」

難問に頭を悩ませていたエイヴリルは、花芯をきゅっと摘まれ、悲鳴を上げた。

二本の指でくにくにと磨《す》り合わされ、膝が笑う。

エイヴリルの肩に顎を預けた彼が熱い吐息を漏らした。

「すっかり敏感になりましたね。少し触れただけで、僕の手がびしょ濡れになりそうなほど蜜が溢れてきました」

「ひぁっ……」

エイヴリルの股座《またぐら》に潜りこんだクリスティアンの手が、花弁を散らし奥へ割入った。

初めの頃は痛みを訴えた隘路も、今ではすぐに絶大な快楽を生み出す。浅ましいほどいやらしい。

彼の指を大喜びで舐めしゃぶり、勝手に蠢いた。

「ほら、答えてください。エイヴリル様の好きな宝石は何ですか？」

「な、何でも、いいではありませんか……っ、クリスティアン様には関係な……ぁ、あ、やんっ」

憎まれ口を叩いた瞬間強めに花芽を擦られ、眼前に光が散り脚が痙攣する。しかし倒れこまず済んだのは、彼が後ろからしっかりエイヴリルの腰を抱いているからだった。

「夫に対する口の利き方ではありませんね。躾が必要ですか？」

「んぁッ……やめっ……そんなに弄らないで……！」

粘着質な水音が聞こえるほど秘裂を掻き回され、容赦なく蕾を嬲られた。

懸命に口を閉じようとしても、漏れ出る喘ぎのせいで上手くいかない。そもそもクリスティアンが答えを要求するおかげで、唇を引き結ぶことすらできないのだ。

「ぁ、あ、あっ……も、それ以上は……んぁッ」

「派手に喘ぐと、庭師に見つかりますよ？　いいのですか？」

喜悦に霞んでいたエイヴリルの意識は、そんな一言で現実に戻った。

ハッとして庭園を探せば、庭師は同じ場所で作業に没頭している。ただ座る向きを変え、身体がこちら側を向いていた。

万が一そのまま顔を上げれば、丁度この部屋に視線が行くだろう。

庭師に覗く意図などなくても若夫婦の淫靡な戯れが視界に入ってしまう。

「あっ……クリスティアン様……！」

「好きな宝石を明かす気になりましたか？」

今は宝石どころの話ではない。それなのに彼は、更に大胆にエイヴリルのドレスを捲《まく》り上げた。

「駄目っ……」

これでは前からでもごまかしきれない。腟辺りまでスカートがたくし上げられているからだ。

「上も乱してしまいましょうか」

「えっ……」

エイヴリルは前屈《かが》みの姿勢に戻され、腰を抱いていたクリスティアンの手で釣鐘状になった乳房を揉まれた。

服の上から焦らすように揺すられる。

卑猥な手つきが示す意図は一つだけ。

悪戯《いたずら》な指先に胸の頂を軽く引っかかれ、エイヴリルはくぐもった悲鳴を上げた。

「んッ、んん……っ」

「ああ、ほら。庭師が移動するみたいです。こちらを見上げるかもしれません」

「……っ」

恐ろしいことを言われ、涙で霞む目を瞬く。

クリスティアンの言う通り、庭師は別の生垣に向かっていた。最悪なことに、より屋敷に近い方。つまりこの部屋の中が尚更見えやすい方向へ歩き始めたのだ。

「ひっ……」

「大声を出せば聞こえそうですね」

エイヴリルは窓についていた手を咄嗟に口元にあてた。これ以上絶対に声を漏らせない。少しでも、発見される可能性を下げなければ。

深く呼吸し、火照った身体を落ち着かせようと試みた——のだが。

「ふ、ぅっ？」

突然耳殻を甘噛みされ、エイヴリルは喉を震わせた。しかも彼の暴挙はこれだけでは終わらない。

　続いて耳たぶをねっとりと舐められ、息を吹きかけられる。

　掻痒感と生温かさに意識が惑乱した。

「……うっ……んぁ」

　自分の耳が、こんなにも弱いなんて知らなかった。

　舌で擽られるのも、軟骨を歯で刺激されることも、呼気を注がれるのも気持ちがいい。

　全身に痺れが広がって、エイヴリルは自力で立っているのがますます難しくなった。

　全体がガクガク震える。

　だが耐えなければ。

　死に物狂いで足を踏ん張り、強引に息を整える。

　クリスティアンだって使用人にこんな場面を見られたら困るはずだ。

　仮に悪意を持った敵対する親族たちに伝われば、ふしだらだと罵られかねない。あの者たちが、何を理由にして難癖付けてくるか油断できなかった。

　おそらくクリスティアンの弱点を血眼になって探し、些細なことでも大きく騒ぎ立てるに決まっている。それなのに。

「ふ、ぐっ……」

　エイヴリルの蜜穴に、背後から彼の楔が突き立てられた。

　大きな剛直が濡れ襞を抉るようにして入ってくる。いつもとは違う体勢のためか、これまでと擦れる場所が違って圧迫感が一際強い。

窓に押しつけられたエイヴリルに逃げ場はなく、成すすべなく食らわれてゆく。

いや、淫猥な咀嚼《そしやく》音を立てているのは自分の方。だったら食らっているのはエイヴリルなのかもしれない。

そんな馬鹿げたことを考えたのは、他に意識を逸らせるものがなかったからだ。

一瞬でも気を緩めれば、卑猥な声が漏れてしまう。いやらしく腰を振って、クリスティアンを求めてしまいそうだった。

エイヴリルは理性を総動員し、快楽には溺れまいとする。

視線は眼下の庭師を捉え、だらしない顔を晒しているだろう自分の方をどうか向かないでと祈り続けた。

こんな淫らな姿を他人の、しかも男性に見られたら、これから先とても生きていかれない。

かつて持っていた無駄に高い矜持などとっくにかなぐり捨てていたが、エイヴリルにも譲れない一線はあった。

謝罪のためにクリスティアンの前で這い蹲ることはできても、無関係の人間にみっともない姿を晒したくはない。

「い、や……」

「もっと嫌がってください。貴女が僕のせいで顔を歪めると、本当にエイヴリル様を手に入れられたのだと実感できます」

執着めいた台詞を吐き、彼がエイヴリルの髪に顔を埋めた。

首の後ろに吸い付かれ、強く吸い上げられる。たぶん、新たな鬱血痕を刻まれたのだろう。

「……そこはっ、髪を上げたら見えてしまいます……！」

「服も立て襟にしないと危ないですね。でも貴女が悪いんですよ？　ずっとあの男を見つめてばかりいるから……」

窓ガラス越しに、クリスティアンと目が合った。その眼差しが庭師の存在を指し示す。

どうやらクリスティアンは、エイヴリルが庭師を目で追っていたのが気に入らないらしい。

彼自ら意識するよう仕向けておいて、勝手な話だ。

「……悔しいから、何も視界に入らないようにしてしまいましょう」

「えっ」

大きく熱い掌に背後から目を塞がれ、エイヴリルは頭を左右に振った。けれど鼻から上を覆う手は離れてくれない。

そんな強引さとは裏腹に、顎や耳を掠めるキスは不釣り合いに優しい。

産毛を撫でる繊細さで、エイヴリルの肌は愛撫《あいぶ》された。

片方の乳房を鷲掴《わしづか》みにしていた手は下へ移動し、脚の付け根を弄られる。

耳に届く衣擦《きぬず》れと、脚に感じる僅かな空気の流れだけでは、今自分がどれほど淫らな格好にされているのか分からない。

見えないからこそ、余計に全身の感覚が鋭敏になった。

「ぁ、あッ」

グリグリと腰を押しつけられ、互いの腰が隙間なく重なる。クリスティアンの荒い息がエイヴリルの肩口を湿らせたと感じた刹那、覚えのある痛みが襲ってきた。

「ゃ……噛まないで……っ」

服の上から歯を立てられ、苦痛に慄く。

実際には、痛くて耐えられないほどではなかったが、『噛まれる』という異常性に心が怯えた。

下肢を串刺しにされ、肩は噛まれ、逞しい腕の檻《おり》に閉じ込められている。これではどう抗っても彼から逃げ出すことなど叶わなかった。

――私はどこにも行かないのに……

クリスティアンはまるでエイヴリルが逃亡するのを恐れているみたいだ。ことあるごとにこうして物理的に留めようとし、言葉で縛りつける。そうしなければ不安でいられないとでも言うかのように。

「……ぁっ、あッ……」

エイヴリルの最奥を捉えた彼の切っ先に内壁を捏ね回され、身体中に悦楽が灯された。

声を出しては駄目だと己を律しても、とても我慢できない。

密着したまま腰を回され、目隠ししている手とは別の手で花芽を攻められれば、もはや唇を引き結ぶことも難しかった。

だらしなく口を開け、懸命に身体を支えようとしても、ずるずると体勢は崩れてゆく。

――お願い。こっちを見ないで……っ！

窓の向こうにいる庭師が今エイヴリルたちに気がついていないことを祈るが、確かめることはできなかった。

むしろ確認するのが怖い。

万が一クリスティアンの手が外され、視界の中に驚愕《きょうがく》の表情を浮かべる庭師がいたら――想像するだけで眩暈がした。

しかも軽蔑の眼差しを向けられたらと考えたら、本当におかしくなりそうだ。

けれど同じくらい興奮している自分に、エイヴリルは気がついている。

見られているかもしれない恐怖。もしかしたら夫が嫉妬してくれているのではないかという儚い期待。

それらがない交ぜになり、エイヴリルの感度を上げてゆく。いつしか肩の痛みすら、甘い疼きに取って代わられていた。

「んぁっ……っぁ、ああっ……」

男の硬い肌で女の柔らかな肉を打つ音が掻き鳴らされる。前後に揺すられ、突かれる度に淫靡な声が押し出された。

蜜洞が、彼のものでいっぱいになる。体内を埋め尽くされる悦びに、エイヴリルは身悶えた。

胸が窓とクリスティアンに挟まれ柔らかに形を変え、頂が服に擦れれば、愉悦が一層大きくなる。だが絶頂を知ってしまった肉体には、あと一歩物足りなかった。

不自由な体勢では思うように動けない。

窓が割れてしまう不安から、どうしたって思い切り寄りかかることなどできるわけがなく、力の入らない両手で必死に身体を支えた。

しかし動きにくいのは彼も一緒だったらしい。

「……っく」

もどかしげに苛立った声を漏らし、クリスティアンがエイヴリルを抱きしめる。

蜜路から抜け出ていくものの大きさに、閉じられなくなっていたエイヴリルの口の端から唾液が垂れた。

「あ……」

喪失感が寂しい。あともう少しで達することができたのに、お預けを食らった気分だ。

そう思ってしまった自分に気がついて、エイヴリルは羞恥に頬を染めた。

──やめてほしいと願ったのも本当なのに……私はいつの間に何て淫らで浅ましくなってしまったの……

自分が自分で信じられない。

たった一週間でこうも作り替えられてしまうとは、少し前までのエイヴリルなら考えられなかった。

もう、何も知らなかった頃には戻れない。戻れるとも、戻りたいとも思えなかった。

「きゃっ……」

荒い呼吸を繰り返していたエイヴリルは、クルリと身体を反転させられた。

背中に当たるのは窓の硬さ。眼前には劣情を露にしたクリスティアン。

急に目隠しを外されたので、少し眩《まぶ》しい。幾度か瞬いた後、エイヴリルは無意識に外にいる庭師を振り返ろうとした。

「僕から目を逸らさないで」

甘い強制力が込められた声を注がれ、腰が砕けるかと思った。

それほど甘美で苛烈な激情に搦め取られる。一言も発せないまま、エイヴリルは無意味に口を開閉させた。

空気が密度を増す。泥の中にいるような重苦しさに襲われ、手も足も重くて仕方ない。

向かい合ってキスを交わし、舌先で擽られる。

エイヴリルの身体を弄る彼の手は、相変わらず燃え上がりそうなほど熱い。服越しでも体温が感じられ、熱を分け与えられている心地がした。

口づけで混じり合った唾液を嚥下し、視線で射貫かれる。吐息が絡み、二人の境目が溶けていく錯覚に溺れた。

庭師のことは頭の遠くに追いやられ、もう目の前のクリスティアンのことしか考えられない。

他のことを思う余地は、残されていなかった。

「……エイヴリル様」

「んっ」

片脚を持ち上げられ、今度は前から貫かれる。濡れそぼった蜜窟は、難なく彼のものを呑み込んでいった。

「……ぁあ……っ」

窓ではなくクリスティアンに縋りつき、その温かさと柔らかさにホッとした。

無機質なガラスなどより、ずっといい。抱き寄せられると大きな身体に包みこまれ、心が解けた。

彼の香りが好きだ。吸い込むと体内から蕩《とろ》けてゆく気がする。

エイヴリルは深呼吸し、クリスティアンの律動に合わせ身体を揺らした。

「ふっ……くぅ……ぁ、あ、あんッ」

聞くに堪えない淫音が鼓膜を叩き、太腿を蜜が伝い落ちる。

仰け反るエイヴリルの後頭部に、そっと彼の手が添えられた。

「え……？」

まるで、頭を窓に打ちつけないよう気遣われたみたいだ。そんなはずはないのに、ときめいた胸はごまかしようがなかった。

「エイヴリル様……」

「んっ……」

見つめ合ったまま口づけし、エイヴリルはクリスティアンの身体に片脚を絡めた。

より自分の一番深い場所まできてほしくて、自らも腰を蠢かせる。結合部からはひっきりなしに濡れた音が響いていた。

「……っあ、そこ……っ」

「ああ。貴女の好きなところですね。でもいつもとは体勢が違うから、これも悪くないでしょう……？」

普段なら絶対に答えない淫らな質問。

けれどこの場の雰囲気に流され侵されたのか、エイヴリルは素直に頷いた。

「気持ちいい……っ」

身長差があるせいでどうしても爪先立ちになり、不安定な足元が心許《こころもと》ない。彼に身体を預けていなければ、到底立ってなどいられないだろう。

身体中がフルフルと震える。

快楽と歓喜で、はち切れそう。数えきれないほどキスを交わし、上も下も互いの体液を混ぜ合った。

「んぁあっ」

「可愛い、エイヴリル様。どうぞそのまま僕に溺れてしまえばいい」

ぐっと下から突き上げられ、喜悦が増した。

目の前でチカチカと光が踊る。きっと床には卑猥な染みが広がっているのに、それを気にかける余力もない。

明るい室内で下だけ寛《くつろ》げ、淫靡な戯れに耽っている。いくら新婚夫婦でも、決して褒められたことではなかった。

しかも自分たちは、愛し合ったどころか、信頼の情さえ互いの間に築けていないのだ。

相手に関して知っているのは五年前までのことだけ。それも友好関係とはほど遠かった時のこと。

「ゃああ……っ」

目も眩む快楽に思考も心も支配され、エイヴリルはクリスティアンについて唯一熟知している身体に一層強くしがみ付いた。

体内で暴れる彼の楔が質量を増す。もう限界だと思っていた肉筒が、更に押し広げられた。

「ぁ、あ……大きい……っ」

「……っ、あまり煽《あお》らないでもらえますか……っ」

掠れた声で囁かれ、耳から愉悦を注がれて、快感が膨れ上がる。

ひくつく媚肉がクリスティアンの屹立をきゅうきゅうと扱いた。

「煽ってない……っ、ああッ」

一際鋭く突き上げられ、エイヴリルは四肢を戦慄かせた。指先まで痙攣し、涙がこぼれる。

収縮する隘路の中で、彼の剛直が激しく動かされ、限界が近づく。

ともに悦楽の階段を駆けあがり、互いを貪り合った。

「私、も、もうっ……」

「どうぞ、一緒に……っ」

「ぁあぁっ」

ビクビクと身体が踊る。エイヴリルの体内に熱い飛沫《しぶき》が注がれ、腹の中が満たされた。

引き絞られた全身が一気に弛緩する。倒れるのを免れたのは、クリスティアンが危なげなく受け止めてくれたからだ。

「……ぁ、あ……」

重くなった瞼が落ちてくる。

脱力したエイヴリルの身体は彼がそっと寄りかからせ支えてくれた。額には労わるようなキスが落とされ、泣きたくなったのは何故だろう。

「――夢中になっている間に、庭師はどこかへ行ったようです」

「……！」

法悦の中、漂っていたエイヴリルの意識はその一言で覚醒《かくせい》させられた。

慌てて外を振り返ろうとすると、頭を強引にクリスティアンの胸へ押しつけられ、後ろを向けない。しかも結構な力なので押さえられたこめかみが少々痛かった。

「も、もし見られていたら……」

「僕は噂が立っても構いませんが――ご安心を。あの男は一度もこちらに気がつきませんでしたよ。しかも彼は、目が悪いのでこの距離では見えやしません。……だから貴女も別の男など視界に入れないでください」

そう言った彼は手早く自身の衣服を片手で直し、エイヴリルを横抱きにした。向かった先は寝室。

「あの……？」

ベッドにエイヴリルを下ろすと、クリスティアンは部屋を出ていってしまった。

──そうか……仕事に戻られたのね……でも少し寂しい……

窓際に放置されなかっただけでも感謝すべきだが、唐突に離れていった体温が恋しかった。ついさっきまでずっと傍にあったものが失われたのだ。

用が済めば共にいるつもりはないと告げられた心地になる。

──早く仕事に戻れと思ったり、やめてほしいと願ったりしたのに、今はどこにも行かず一緒にいてほしいなんて……

コロコロ変わる己の気持ちに整理がつかず、エイヴリルは自分でもよく分からなくなってきた。

ただ残り香のような身体の熱が引いていくのが切ない。

纏まらない心情を持て余し、エイヴリルが喪失感に項垂《うなだ》れていると、彼がひょっこり室内に戻ってきた。

「え……っ？」

「何です？」

クリスティアンが手にしていたのはタオル。どうやらそれを取りに行っていたらしい。

「今、使用人に湯を準備させています。用意が整い次第、身体を流しましょう」

「……そのために……？」

エイヴリルを先に休ませ、使用人たちに指示を出してきてくれたのか。

胸の内に温かな火が灯る。乾いていた大地に、何かの芽が顔を出した。けれどそれは育ててはいけない花だ。

美しく咲き誇るほど、これから先がきっと辛くなる予感がした。

「……ありがとう、ございます」

「……急に素直ですね。何かの作戦ですか？」

訝《いぶか》し気《げ》にこちらを見る彼は、エイヴリルの中に何かを探しているようだった。

「私が素直にお礼を言ってはおかしいですか？　失礼な方ね」

本心を覗き込まれたくなくて、エイヴリルはツンと顎をそびやかした。視線を逸らし、視界からクリスティアンを締め出す。

あの魅力的な赤毛と、力強い瞳を見ていると、つい本音がこぼれそうになるからだ。

「ふふ、それでこそエイヴリル様です」

甘い響きを伴う言葉に、冷静さを保つことは難しい。

彼に乱れた髪を撫でつけられ、エイヴリルは感じた胸の疼きには気がつかない振りをした。

夫婦揃って初めて出席する夜会。

エイヴリルは華やかでありながら、人妻の落ち着きも兼ね揃えた深い赤のドレスを纏っていた。身に着けた宝飾品はすべてダイヤモンド。大粒の煌めきが首元や耳、指と手首まで豪華に飾っていた。細身の肢体によく似合う。

全て、この日のために新しく誂《あつら》えたものだ。

あの窓際での攻防の後、結局『一番好きな宝石』についてクリスティアンから散々ねちっこく問い詰められた。

色々考えたエイヴリルが絞り出した答えは、この世で最も硬く高価な石。ダイヤモンド。

すると翌日には商人がシャンクリー伯爵邸にやってきて、一式購入の運びとなったのである。

「……何もこんなに高そうなものを沢山買わなくても……」

嫁入りに際してアディソン家では何も準備できなかった。ドレス一枚、新調する余裕がなかったのだ。

そのため、化粧品や下着に至るまで全てシャンクリー伯爵家が揃えてくれ、エイヴリルはまさに身一つで嫁いできたのである。

勿論宝飾品も充分揃えられていた。あれらの中にも、高価で希少なものが勢揃《せいぞろ》いしていたはずだ。

「我が家が新妻に不自由をさせていると思われては困ります」

とは言え、新妻が散財させていると思われるのも厄介なのだが。

「……最初に贈っていただいたものだけで、充分です。宝石だってつけきれないくらい用意してもらったし……結婚式での真珠も……」

栄華を誇っていた当時のシャンクリー伯爵夫人だった母でさえ、持っていなかったような大きく美しい貴重な石を贈られ、気後れしていたくらいなのに。

「……でも貴女は、どれもお気に召さなかったでしょう？」

「え？」

やや拗《す》ねたように呟かれ、エイヴリルは目を丸くした。

もしかしてクリスティアンは、高価な品々に戸惑っていた自分を見て、気に入っていないと勘違いしたのか。

実際は手に取ることすら怖くて、触れるのを躊躇《ためら》っていただけなのだが。

――それであんなに熱心に、好きな宝石を聞き出そうとしていたの……？

体内にポッと灯が点《とも》る。この、胸に宿る気持ちは何だろう。

先日から何かが芽吹く予感に落ち着かない。

――クリスティアン様が私の趣味なんて気にする必要はないのに……私は与えられたものに感謝はしても、文句を言うつもりなんて全くないわ。ううん、問題はそこではなくて、私の気に入るものを贈りたいなんて、それってまるで――

「エイヴリル様？　どうしました」

「あっ、いいえ、何でも……」

思案に耽《ふけ》っていたエイヴリルは、突然彼に顔を覗き込まれ目を泳がせた。

今夜のクリスティアンは、黒を基調にした服を纏っている。そこに清潔感のある白いシャツと自身の赤い髪が鮮やかな色味を加えていた。

クラバットに飾られた石はダイヤモンド。エイヴリルの首飾りと対になるよう作られたものだ。

細身の衣装を着こなした彼は、見惚れるほど麗《うるわ》しかった。

家を出る時も、馬車で移動中も、つい目がクリスティアンに行ってしまうのを堪えるのにエイヴリルは大変だったのだが、どうやらそれは自分だけではなかったらしい。

マクレガン伯爵邸についた時から、女性陣の熱い眼差しが彼に注がれていた。

「――まぁ、ご覧になって奥様。シャンクリー伯爵家のクリスティアン様ではありません？」

「留学からお帰りになったとは聞いていましたが……随分素敵になられて……」

「情熱的な髪色ですわね。とてもよくお似合いだわ」

概《おお》ね好意的な意見が耳に入り、エイヴリルは秘《ひそ》かに安堵した。そして続いて隣に立つ自分へ向けられる視線の棘に、身が竦む思いがする。

「もしかして、あれが奥様？」

「アディソン伯爵のお嬢様を妻に迎えたというのは、本当だったようですね」

「あらやだ、奥様。今は彼女がアディソン伯爵ですわ。――形ばかりの爵位しかお持ちでないようですけど。よくお顔を出せたものだわぁ。私なら恥ずかしくて無理ですもの」

あからさまな嘲笑は、隠す気もないらしい。

わざと聞こえるくらいの声量で囁かれ、当然エイヴリルの耳にも入ってきた。

「——無礼な」

「——待ってください。大丈夫です。私は気にしていません」

腕を組んでいたクリスティアンが気色ばんだのが分かり、エイヴリルは咄嗟に彼を制止した。

公衆の面前で妻を詰られては、流石にクリスティアンも気分が悪いのだろう。しかしここで騒ぎを起こすのは得策ではない。

彼には品行方正なままでいてもらわなくては。

何かするとすれば、もともと評判のよろしくないエイヴリルが適任だ。少しくらい礼を失した振る舞いをしたところで、これ以上悪評が増えることもあるまい。

昔の自分には戻りたくなくても、エイヴリルは意を決し、無理やり当時の口調を再現した。

「——これはこれはリディア様。お久し振りですね」

たった今自分を馬鹿にしていた令嬢の前で、エイヴリルはあえて立ち止まった。そして優雅な仕草で礼を取る。

リディア・レブスタイン侯爵令嬢。

爵位こそエイヴリルよりも上だが、実家の内情は火の車だと聞いている。どうにか体裁を保っていても、領地を切り売りしていることはエイヴリルの耳に入っていた。

アディソン伯爵家が没落し、いち早く交流を断ってきた家の一つだ。

もっともそれ以前から娘同士は仲が悪く、ちょいちょい小競り合いを繰り返していた経緯がある。

「な、何かご用かしら」

リディアが困惑顔で動揺した。

エイヴリルを見下し、嘲笑ってやろうとして待ち構えていたのに、余裕の態度で笑顔を見せられたことに驚いたのだろう。

まさかこちらから話しかけられるとは思ってもいなかったらしい。

「四年振りかしら？　リディア様はあまりお変わりがないからすぐに分かりました。ですがお化粧がとても上手になりましたのね。昔は目が小さいことを気にしていらっしゃいましたけど、見違えましたわ。その技法、私にもご教授願えませんか？」

「なっ……」

エイヴリルが二重三重に塗《まぶ》した嫌味は、しっかり伝わったようだ。

まずはあまり女性としての成熟が見当たらない凹凸の乏しい身体について。次に厚化粧について。実際には小さな目が彼女のコンプレックスであることも的確に突いてゆく。

更に会心の一撃なのは初打である。

何々夫人、ではなくファーストネームを呼んだことで、リディアが未だ独身であることを周囲の者にも思い出させたのだ。

口喧嘩《くちげんか》はいかにして相手の心を挫《くじ》くかが勝負。そのためには躊躇わず一気に攻撃の手を叩き込まねばならない。

彼女の年齢はエイヴリルの二つ上。つまり貴族令嬢の結婚適齢期は過ぎかけていた。

「このっ……」

顔を屈辱で真っ赤にしたリディアは歯ぎしりし、忌々し気にエイヴリルを睨みつけてくる。

しかし表面上は褒めていると言えなくもない内容である上、ここで憤慨すればエイヴリルの皮肉を認めたことになるのは、気がついたらしい。

強く拳を握り締めた彼女はヒクヒクと口角を吊り上げた。

「わっ、私が化粧をお教えする必要はないと思いますわぁ。シャンクリー伯爵夫人の方が、お上手ですもの！　大変な目に遭《あ》っていらっしゃったから、もっとお窶《やつ》れになっているのかと心配しておりましたのよ？」

「あら、ありがとうございます。夫が私の身体を気遣って、滋養のある食べ物を遠方から取り寄せたり、高価な美容法を施したりしてくれますの。そのおかげかもしれませんわね。あの人ったら、惜しげもなく私に投資してくださるから……」

エイヴリルはリディアの毒には気づかない振りをして、惚気話《のろけ》で打ち返した。

嘘ではない。むしろほぼ真実だ。

結婚が決まって以来、クリスティアンがエイヴリルにかけた時間と金は相当なものである。

おかげで痩せ衰えていた身体は女性らしい丸みを取り戻し、日に焼けて荒れていた肌は白く滑らかになりつつあった。

何よりも今日身に着けているダイヤモンドが『愛されている』象徴だ。

シャンクリー伯爵家の若奥様として恥ずかしくないよう与えられたものだとしても、傍から見れば溺愛の証として映るに違いない。

エイヴリルはわざと自分の手を首元に据え、さりげなく周囲に見せつけた。

敵のダメージは甚大である。

やや涙目になったリディアに、少々やり過ぎたかなと思わなくもないが、ここで怯《ひる》まない姿勢を示さなければ、今後もエイヴリルに対する中傷は止まないだろう。

それではクリスティアンの迷惑になる。

自分一人が気の強い高慢な女と思われるだけなら、被害は少ない。むしろそんな妻を上手くあしらい手綱を握っている夫として、彼の評判は上がる可能性もあった。

――この私に口喧嘩で勝とうだなんて一万年早いのよ。我が家が困窮したことで上に立ったつもりでしょうけれど、そうはいかないわ。

不本意ながら、エイヴリルの中で昔の闘争心強めの負けず嫌いな自分が目を覚ました。

「最初は色々考えて求婚をお断りしようと思ったのですが、思い切ってお受けして、本当に良かったですわ。こんなに幸せで、怖いくらいです」

「……くぅっ……！」

駄目押しに『皆が憧れる男性に熱烈に求められた女』設定と『幸せいっぱいの新妻の笑顔』を繰り出し、試合終了。

エイヴリルの圧勝で、女の戦いは幕を下ろした。

「では、また」

艶やかな笑みを残しクリスティアンと腕を組むと、エイヴリルは颯爽《さっそう》と歩き去った。リディアにはもう一瞥《いちべつ》もくれない。

彼女が地団駄を踏んでいようが、どうでもいい。

とにかくこれで、エイヴリルの復活は印象付けられたはずだ。リディアが懇意にしている令嬢たちにも噂は広まるだろう。

意地悪には意地悪を。

皮肉には皮肉をぶつけ、自慢話で止めを刺す。完璧な作戦である。

——それにしても、私ってばつくづく嫌な女ね……人を傷つける言葉を躊躇《ためら》いもなく吐けるなんて。

思い返せば自己嫌悪に浸りたくなる台詞が、ああもすらすら出てくる自分に失望した。やはりエイヴリルの底意地は悪いままなのかもしれない。

それでもこの場を収めるには自分が悪者になることこそ最善策だと考えたのだ。

「……何とも痛快なやりとりでしたね」

「お見苦しいところをお見せしました」

エイヴリルの耳元で笑い交じりに囁く辺り、クリスティアンは呆《あき》れも軽蔑もしていないようだ。そのことに、エイヴリルはホッとしていた。

女同士の醜い争いなど、男性は目にしたくもないだろう。しかも自分の妻が容赦なく相手を叩き潰す様など、知りたくないに違いない。

だが彼から今まで以上に嫌われることは、免れたようだ。今が最底辺であるだけかもしれないが。

「いいえ。あの場で言い返せずに泣くだけの女性は好みではありません。いいものを拝見させていただきました。あとは――……幸せだと思ってくださっているのが、本音だと嬉しいのですけど」

「え？」

「いいえ、独り言です。まずはマクレガン伯爵様へ挨拶に伺いましょう」

曖昧に微笑んだ彼に連れられ、エイヴリルは主催者であるマクレガン伯爵夫妻のいる場所へ向かった。

ひとまず先ほどの小さな揉め事は忘れ、気持ちを切り替える。

いつまでも自己嫌悪を引き摺っていても仕方ない。自らの役目を果たすべく、背筋を伸ばした。

夫妻は、出席者を出迎えるために入り口付近で他の客と談笑している。

そこへ足を運び、最初にクリスティアンが礼儀正しく挨拶をした。

「――ご招待いただき、ありがとうございます。こうして妻と共にお会いでき、とても光栄です」

すると豊かな白いひげの恰幅《かっぷく》のいい紳士——マクレガン伯爵が、値踏みするような視線をこちらに向けてきた。

なるほど、噂通り愛想はない。ただし隣に立つ夫人が、人好きのする笑顔で出迎えてくれた。

「まぁまぁ、よくいらっしゃいました。エイヴリルも大きくなって……！　まさか二人が結婚するとは思わなかったけれど、おめでとう。お祝いを言わせて頂戴」

「ありがとうございます、夫人。その節はお世話になりました」

アディソン伯爵家が困窮した際、彼女は一応救いの手を差し伸べてくれた。

しかし家長ではなく妻という身でできることはたかが知れている。それにエイヴリルの父が抱えた負債は、『遠い遠い親戚の善意』で賄《まかな》い切れる規模ではなかったのだ。

結局はどうにもならず、以来両家は疎遠になっていた。

「何を言っているの。たとえ曾祖父《そうそふ》の従弟の嫁の実家だとしても、親戚は親戚よ。無関心ではいられないわ。まぁ、私には何もしてあげられなかったけれど……」

「いえ、おかげで使用人たちに最後の給金を支払うことはできましたから……」

慈善活動に熱心な夫人は、とても善良で優しい方だ。そこにつけこむのは気が咎めるけれど、エイヴリルは存分に利用させてもらう心づもりだった。

「——なるほど。君たちが今話題の二人か」

「僕らのことが噂になっているのですか？」

初めて聞いたマクレガン伯爵の声は低く、気難しさが感じられた。眉間の皺が深い。むっつりと押し黙られると、とてつもない威圧感があった。

隣に寄り添うホンワカした雰囲気の夫人とは両極端である。

しかもにこやかに返したクリスティアンには返事をせず、マクレガン伯爵は再び唇を閉じた。

これは相当な難敵である。

「もう、貴方ったら！　本当に不愛想なんだから……ごめんなさいね、ただ顔が怖くて無口なだけなのよ」

夫の背中を軽く叩き、眉尻を下げる夫人は愛らしい。

きっと夫婦仲は良いのだろう。

大柄の伯爵に対し小柄な夫人は見ていて微笑ましく、エイヴリルは損得なしに親しくできたらいいと思い始めていた。

「貴方たちのことは今一番熱い話題よ。だって、シャンクリー伯爵家令息が留学から帰るなり、幼馴染の令嬢の窮地を救って求婚したのですもの。女性が大好きなロマンスよね」

頬を染めうっとりと言う夫人は、まるで乙女のようだ。

――へぇ……そういう風に見られていたのね……クリスティアン様はきっと全て計算していたのだろうし、侮れないわ……

彼にとってこの婚姻は、本当に旨味《うまみ》のある取引だったらしい。

「簡単にできることじゃないわ。ご家族の反対もあったでしょう」

「義父と母は応援してくれました。確かに障害が全くなかったとは言えませんが、ただ僕はずっと彼女のことが好きで、この機会を逃す手はないと思っただけです」

「……！」

嘘でも、エイヴリルの胸が高鳴った。

隣に立つクリスティアンに腰を抱かれ、ドキドキする。

これは周囲に夫婦仲の睦まじさを印象付けるためだと分かっていても、屋敷の外で親密に振る舞うのは初めてだったのだ。

「あらあら、お似合いの二人ねぇ」

「……君の父上はこの婚姻に賛成したのかね？」

「はい。心が求める人を、生涯の伴侶にしろと言われました。後悔したくないなら、本当に大事なものを見失うなとも」

「……そうか」

マクレガン伯爵は相槌《あいづち》を打つと、顎を引いた。何かが、彼の琴線《きんせん》に触れたらしい。硬質な空気が僅かに緩んだ気がした。そこへ、夫人が興味津々に身を乗り出してくる。

「——あら。もしかしてそのダイヤモンドの意匠、夫婦でお揃いなのかしら？　羨ましいわ。私たちも作りましょうよ、貴方！」

クリスティアンのクラバットに留められた物と、エイヴリルを飾る宝飾品に目敏《めざと》く気がついた夫人は、瞳をキラキラさせながら興奮を露にした。

本当に宝石が好きなようだ。

「んまぁ、デザインも素晴らしいけれど、とにかく石が綺麗ね……」

どこの店に作らせたかも見事に言い当て、もっとよく見せてほしいと請われた。

クリスティアンの作戦は見事成功したらしい。一向にこの場から動かない夫人と共に、マクレガン伯爵も留まっている。

これは好機だ。

今の内にできる限り親しくなっておく必要がある。そしてクリスティアンの後ろ盾になってもらうのだ。

エイヴリルは自分の出番だとばかりに、とっておきの笑顔を繰り出した。

「実はこのダイヤモンド、新しく発見された鉱山から採掘されたものなのです」

「え、あらそうなの？　いったいどこかしら？」

「場所はまだ極秘情報なのですけど……ダイヤモンド以外にも色々な鉱石の産出が見込めるそうです」

この情報は公にされていない。今のところさほど有名ではない異国の鉱山だが、これから先、価値は上がる一方だろう。

単純に宝石好きとしては無視できない話題だし、投資先としても、耳より情報のはずである。

案の定、マクレガン伯爵から無関心の振りをしつつも耳をそばだてている気配が伝わってきた。

「クリスティアン様が出資している会社が権利を持っておりまして、私たちも大いに期待しています。夫人にはとてもお世話になったので、是非恩返しができればと思っておりますの」

「まぁ。もしかして、クリスティアン様が留学されていた折に……？」

「はい。その際現地で鉱山発見の一翼を担ったそうです。他にも色々な功績が認められ、夫は義父に信頼されたのですわ」

言外に、良質の宝石を優先的に手に入れられることと、採掘に一枚噛める可能性を示唆《しさ》した。

勿論、クリスティアンが後継者最有力候補であることも抜かりなく匂わせる。

警戒心が強そうなマクレガン伯爵にいきなり美味《おい》しい話を持ちかけても怪しまれるだけだろうが、奥方が興味を示したとなれば、話は別である。

もっと詳しく聞きたいとはしゃぐ夫人の横で、マクレガン伯爵は低く唸《うな》った。

「……お前、他のお客様にも挨拶をしなさい」

「あっ、そうね……――ねぇ。クリスティアン様にエイヴリル様、夜会の後お時間はあるかしら？　私、もっとあなた方とお話したいわ」

してやったり。

第一段階成功である。

内心ほくそ笑みながら、エイヴリルとクリスティアンは快諾した。

「勿論です。こちらこそ是非お願いいたします」

爽やかに答えた若夫婦に満足したのか、マクレガン夫妻は他の参加者のもとへ挨拶に向かった。

残されたエイヴリルたちは互いを見つめ、微笑み合う。

「……流石はエイヴリル様。僕一人ではああ自然に上手くいきませんでした」

「とんでもない。貴方のお仕事に対する先見の明があればこそです。クリスティアン様は事業の才能がおありだわ。それに人を見る目も確かなのでしょう。きっとシャンクリー伯爵家を継いだら、今まで以上に領地を発展させると思います」

エイヴリルはごく自然に思ったままを口にしたのだが、クリスティアンは急に黙り込んだ。

不思議に思い、何気なく横を見る。すると彼は目尻を淡く朱に染めていた。

「……そういう不意打ちは卑怯《ひきょう》です」

「ええ？」

不意打ちも何も、攻撃したつもりはないのだが。

エイヴリルは困惑したけれど、赤らんだ頬を背けて咳払《せきばら》いするクリスティアンは、壮絶に可愛らしかった。

男性にそんな感想を抱くのは失礼かもしれないが、何故か胸がキュンっと疼く。ついこちらも恥ずかしくなり、エイヴリルは睫毛を伏せた。

──な、何だか変な空気……でも、ちっとも嫌ではないわ……

リディアと揉め、一時的でも大嫌いな過去の自分に戻らねばならなかったことは気分が落ち込んだものの、今は心がふわふわする。不思議と心臓の辺りが温かい気もした。

──クリスティアン様の役に立てたなら、無駄じゃなかったのよね……

ほんの少しだけ、昔の自分も許容できるかもしれない。

無知で愚かだった傲慢令嬢に戻りたいとは微塵も思わないが、当時の経験が欠片でも意味を持つなら救われる。

エイヴリルは誰にも見えないよう、小さく微笑んだ。

「——他の方々にも挨拶しておきましょう。エイヴリル様、どなたか知り合いはいますか？」

「ええ。ではまず壁際にいらっしゃるあの方に——」

二人顔を寄せ合い、密談する。その距離感に鼓動が疾走した。

親しい者にしか許されない近さで囁き合っていると、本来の関係性が頭の隅に追いやられる。

クリスティアンの手がさも親しげにエイヴリルの腰を抱き、愛おしそうに耳へ唇を寄せるからかもしれない。

これは演技だといくら自分に言い聞かせても、心は簡単に割り切ってくれなかった。冷静であろうとする頭とは切り離され、勝手に鼓動を速めてしまうのだ。

——全部、偽物なのに……

柔らかくこちらを見つめてくる眼差しも、人ごみからエイヴリルを守り誘導してくれる頼もしい腕も、気遣いの籠った言葉も全て。

目的のために駆使しているだけ。余計な期待などするだけ馬鹿馬鹿しい。

エイヴリルの理性はちゃんと現状を把握し、正しい判断ができていた。それでも。

「——こうしてみると、案外お似合いの二人ね」

「ええ。クリスティアン様がエイヴリル様を追いかけ、妻に望んだ気持ちが分からなくもないわ」

「性格に難ありでも、黙っていれば釣り合いが取れているんじゃない？」

そう言われれば、どうしようもなく歓喜が込み上げた。

「どうしました？　疲れましたか？」

「い、いえっ、何でもありません。参りましょう」

漏れ聞こえた他人の会話に耳を傾けていたとは言えず、エイヴリルはこちらを見つめてくる彼に笑みを返した。

「こういう場は久し振りなので、少々緊張していただけです。お気になさらず」

キリッと表情を引き締め、大きく息を吸う。

「さ、クリスティアン様。あちらの方に声をかけましょう。きっと今後力になってくださると思います――」

「……待ってください。一番の目的は達成したので、少し休憩しましょうか」

「えっ」

これだけ効率よく有力貴族が集まる場はあまりない。それもシャンクリー伯爵家と関りが乏しい家柄がほとんどという理想的状況なのである。

絶好の機会を無駄にしたくないエイヴリルは、クリスティアンの提案が理解できなかった。

「あの、でもせっかくの機会ですし……」

「まだ夜会は始まったばかりですよ。酒が入り、ある程度場が温まったくらいに仕かけた方が、上手くいくのではありませんか？　一息入れてからでも遅くありません」

「それは……一理ありますが」

彼の役に立とうとして意気込むあまり、前のめりになっていたエイヴリルは渋々頷いた。

確かに、やや焦ってがっついていた感は否めない。

ここは一旦落ち着き、じっくり作戦を練るのも得策かもしれないと思った。

「分かりました。では何か飲み物でも……」

そこへ丁度盆に乗せた飲み物を配る使用人が通りかかり、クリスティアンがグラスを二つ取り上げた。

「バルコニーの外へ出ましょう。人がいないので、静かですよ」

「はぁ……」

今夜は積極的に大勢の人へ声をかけるつもりだったエイヴリルは、肩透かしを食らった気分で、彼に背中を押された。そのまま開け放たれていたガラス戸をくぐり、夜風に当たる。

まだ夜会が始まったばかりのこの時間、大多数の者は会場の中にいて、バルコニーに他の人影はなく、自分とクリスティアンの二人きりになった。

「どうぞ」

「ありがとうございます……」

渡されたグラスを受け取り、エイヴリルはさりげなく彼から距離を取った。

月の光に照らされたクリスティアンは、いつも以上に麗しい。

鮮やかな赤毛がいっそう艶やかに光を放ち、同時に黒い瞳が不思議な光を帯びるのだ。

正面から見てしまえば、視線が囚われるのは必至。何となくそれは避けたくて、暗闇に沈む四阿《あずまや》の辺りへエイヴリルは視線をさまよわせていた。

口火を切ったのは、彼の方。

「……いい香りですね」

「花のことですか？　マクレガン伯爵様の庭園は、手入れが行き届いていて有名ですものね」

「いいえ。エイヴリル様のことです」

咲き誇る花の香りを堪能しようとしていたエイヴリルは、吸いかけた息を止めた。

恐る恐る彼の方に視線をやってしまい、直後に悔やむ。

漆黒の瞳が、こちらにじっと注がれていた。

薄明りの中ですら眼差しの強さは変わらない。

どこか切なげな、狂おしいほどの渇望を感じる。何を求められているのか判然としない分、双眸に湛《たた》えられた熱量が何だか胸を疼かせた。

「クリスティアン……様」

「……今夜の貴女は、一際僕を試しますね。これも全部計算ですか？　――ああ、答えなくていいです。もうしばらく、夢心地でいたいので」

「……え？」

本当に彼は不可解だ。

何と答えればいいのか迷い、結局エイヴリルは沈黙を選んだ。

会場の喧騒《けんそう》から離れ静かな場所に連れてこられたのは、クリスティアンが束の間静寂を求めているのではないかと思ったからだ。

——クリスティアン様の方が、よほどお疲れなのではないかしら……そうよね、毎日あんなに働いていらっしゃるんだもの……

だったら、今自分にできることは何だろう。

どうせここでは人目につかないのだから、一人になることもできたのに、こうして自分を傍に置いているのは何か理由があるはずだ。

考えても答えの出ない疑問を持て余し、エイヴリルはグラスを口に運んだ。

甘めの果実酒が、口内に広がる。とても美味しい。

ほうっと息を吐いた時、バルコニーの柵についていた自分の左手に彼の右手が重ねられた。

「……っ」

ピクリとエイヴリルの肩が強張った瞬間、指の間にクリスティアンの指が忍び込む。

引き抜こうと思えばできる程度の拘束だが、瞬きも忘れていた。

お互い同じ方向を見つめたまま、手の温度だけを交わし合う。思わせ振りに指の股を擦られる度、淫らな気持ちを刺激された。

恥ずかしくて堪らない。誰かに見られたら——と思いかけ、別に目撃されても何の問題もないのだと思い至った。

新婚夫婦が手を握り合っていても、ちっとも不思議じゃない。むしろ仲睦まじい様子に人々は微笑ましく思うだろうし、エイヴリルたちにとってもそう思われていた方が都合がいいのだ。

ならば何故人目に触れたくないかと言えば――

――誰にも、邪魔されたくないからだ……

この、もどかしく温かな時間を。穏やかな空気を。

壊されたくない。ずっとこうしていたい。

叶うはずのない願いを覚え、エイヴリルは瞳を揺らした。

――しっかりしなさい、エイヴリル。勘違いしちゃ駄目。もっとしっかり自戒しないと
……！

「……覚えていますか？」

己の気持ちを鼓舞していたエイヴリルの耳に、ごく小さなクリスティアンの声が届いた。

掠れた囁きは、まるで秘密を打ち明ける時のよう。

会場から漏れてくる音楽や人々のさざめきに掻き消され、危うく聞き逃すところだった。

「ごめんなさい、何をですか？」

慌てて彼に向き直れば、長い睫毛に縁どられた瞳を、クリスティアンは前方に向けたままだった。

「……子どもの頃……あれは僕が十一歳、貴女が八歳の時だったかな。父と一緒に、アディソ

ン伯爵家を訪れ、他にも親に連れられてきた子どもたちと遊んでいるように言われました」

「随分昔のことですね」

それなら、クリスティアンの父親が彼を連れアディソン伯爵邸を訪れるようになり、知り合って二、三年は経った頃だ。

「いつものようにエイヴリル様は僕の赤毛を笑っていました」

「うぐっ……」

突然始まった断罪の時間に、淑女とは思えぬ声を出してしまった。

だがこれまでと同じで、謝罪を要求されている雰囲気は微塵もない。どうしたものかとエイヴリルがクリスティアンを横目で窺っていると、彼は遠く過去を見ているようだった。

「……僕は別に、髪色をどう言われても気にしていなかったんですよ。一族には稀《まれ》に出る色でしたし、母は綺麗だと褒めてくれていましたから」

本当は、エイヴリルも綺麗だと思っていた。今更言えない言葉を、人知れず呑み込む。

できたのは、重ねられた手を極力動かさないことだけ。

「そんな時、一人の別の子どもが貴女の尻馬に乗って僕を馬鹿にし出しました。今思えば、エイヴリル様のことが好きで気を惹きたかったのかな？　とにかく貴女よりも勇ましく前に出てきて、僕を攻撃し始めたんです」

「そんな……っ」

正直なところ、あまり記憶になかった。あの頃はそんなことが日常茶飯事だったからだ。

クリスティアンに会う度に意地悪をして酷いことを言う――罪悪感もないままそれがエイヴリルの『当たり前』になっていたのだ。

「ごめんなさ――」

「よくある光景でした。でも、あの日は少し様子が違った」

耐え切れずこぼした謝罪は、彼の声に上書きされた。わざとなのか、偶然なのか。それは分からない。

けれどこう何度も遮られては、もう一度絞り出す勇気はエイヴリルから完全に失われてしまった。

「……調子にのったその子どもが、僕に石を投げつけました。たぶん年齢は十歳前後だったでしょうけど、体格のいい少年だったので、まともに当たればそれなりに怪我《けが》をしたと思います」

「えっ……どこか怪我をされたのですかっ？」

流石にそれはやり過ぎだ。

自分の所業を棚に上げ、エイヴリルは憤《いきどお》った。

愚かな自身の過ちがきっかけで、クリスティアンに傷を負わせた可能性を思うと胸を掻きむしりたくなる。

取り返しがつかないことをしてしまった恐怖で、足が竦んだ。

「平気でしたよ。――エイヴリル様が守ってくださいましたから」

「わ、私が？」

苛《いじ》めた主犯であるのに、それはどういうことだろう。まるで意味が分からない。しかも自分は覚えていないという最悪さだ。

「え……と。私が貴方への嫌がらせを扇動したのですよね？」

「中心人物であったことは間違いありません」

どうやら認識はあっている。美化しているとか勘違いしているとかでもないらしい。

「それでどうやって、私がクリスティアン様を守ったことになるのでしょうか……？」

エイヴリルが怖々尋ねると、彼は前を向いたまま自嘲を滲ませた。

「ご存知のように、僕の本当の父親はアディソン伯爵様の取り巻きの一人でした。それも末端中の末端。当然、その子どもである僕の序列も低かったというわけです。貴族の子どもらにとっては、親の爵位や財力こそが己自身の力同然ですからね」

エイヴリルも昔は同じように考えていた。

父の権力を笠に着て、やりたい放題しても、咎められることなど考えもしなかったのだ。無知故の残酷さで、自分を選ばれた人間だと信じて疑わなかった。

恥ずかしい。

心の底から悔いている。当時の自分は、人間として最低だった。

「そんな中、子どもの世界で頂点に立つエイヴリル様が僕への嫌悪を隠そうとしなかったのですから、他の子どもらも同じ権利を得たと考えたのでしょう。すぐに無視されるようになっていきました」

「……っ」

覚えている。

あの頃のエイヴリルは、仲間外れにされるクリスティアンを見て、悦に入っていたのだ。

それまで彼の容姿に惹かれちやほやしていた者も掌を返し、距離を置くようになったのを目にして満足していた。

思い返すと吐き気がする。

一人の人間を孤立させ眺めて楽しむなんて、どう言い繕っても根性が捩くれている。

こんな嫌な女、きっと二人といない。何て狭量で浅ましく、下品だったのだろう。

「それで話が戻りますけれど、かの少年はエイヴリル様にいいところを見せようとでも思ったのか、罵倒《ばとう》するだけでは飽き足らず、一層調子にのって僕に石をぶつけ始めたのです。無視されるくらい何でもありませんでしたが、投石は流石に嫌だったな。怪我をしたら、母に心配をかけてしまいますから」

「ま、まさか私がクリスティアン様に石をぶつけろと指示を……？」

「いいえ。逆ですよ」

過去の自分の極悪ぶりならやりかねないと思い、エイヴリルが蒼白になって問い質《ただ》せば、彼はやっとこちらに顔を向けてくれた。

「貴女は、その子と僕の間に立ちはだかり、『おやめなさい！　彼を傷つけてもいいのは私だけよ！』と高らかに宣言なさったのです。ふふっ……あの時の他の子どもたちの顔……今思い出しても笑ってしまいます」

「え……っ？」

何だそれは。どういう意味だ。

幼かったエイヴリルはお世辞にもまともな子どもではなかったけれど、それにしたって支離《しり》滅裂《めつれつ》である。

集団を煽ってクリスティアンへ嫌がらせを繰り返しておいて、いざとなったら何を寝言を言っているのか……自分でも意味不明だった。

単純に頭が悪かったのか、情緒が安定していなかったのか……自身の精神状態が不安になる。

ひょっとして何らかの疾患を抱えているのかもしれないとまで思い、エイヴリルは固まった。

「──まぁ、その後は直接貴女からの暴言や無茶《むちゃ》振りが酷くなったのですが」

「ひ……っ」

つまり、エイヴリルは彼を自分専属の玩具《おもちゃ》にしたかったということか。

歪んでいる。年端もいかない子の発想とは思えない。控えめに言って、頭がおかしい。

瞬きもできなくなったエイヴリルをじっと見つめてきたクリスティアンは、月に照らされた赤い髪を掻き上げた。

「それ以来、もう貴女に追随《ついずい》して僕へ攻撃を仕かけてくる子どもはいなくなりました。ひたすら無視です。だからエイヴリル様が助けてくれたとも言える。ありがとうございました」

「そ、そんなの、もともと私が悪いだけでしょう……！　お礼を言うなんて、おかしいのではありませんか……っ？」

結論の帰着が斜め上過ぎて、理解が追いつかなかった。

この流れなら、エイヴリルは責められるのが正しいはずだ。過去を清算しろと要求され罵られることこそ、正解なのではないだろうか。

「そうですか？　僕の中では整合性が取れているのですが」

「変です。絶対に間違っています」

エイヴリルが頭を左右にブンブン振り否定すると、彼はさも楽しげな笑い声を上げた。

「ふふっ、そうですか。――ああやっぱり……貴女は面白いな」

面白いなんて、誉め言葉ではあるまい。

ならばクリスティアンの真意はどこにあるのか。

今こんな話題を持ち出された理由が判然とせず、エイヴリルは困り果てた。

会場からは賑《にぎ》やかな話声と、楽団の演奏が漏れ聞こえてくる。目の前に広がる光景は、夜に沈んだ見事な庭園。二人きりのバルコニー。

本来であれば、身の置き場がなく落ち着かないのかもしれない。けれど――

あまりにも彼との間に流れる空気が柔らかいから、不思議と居心地の悪さは感じなかった。

――今なら、謝ることができるかもしれない……でも許してもらえないのに頭を下げたら、迷惑にしかならないかしら……？

それでも、伝えたい。エイヴリルはクリスティアンにかつてとは違う、変わった自分をどうしても知ってほしかった。

もう我が儘で傲慢な、鼻持ちならない子どもだったエイヴリルではないのだ。

様々な辛い経験を経て、成長できた。

人の痛みや苦しみを理解できるようになり、相手の心を想像し寄り添うことの大切さだって知った。

本物の宝物は、目に見えないものばかり。

何もかも失くした今だからこそ、素のままの自分を見てほしい。

――もし、もしもクリスティアン様が今の私と向き合ってくださったら――

身勝手な願いかもしれない。けれど溢れそうになる思いが抑えきれなかった。

エイヴリルが大きく息を吸い込んだ時――

「こんなところにいたの？　せっかくだから中で踊りなさいな！」

マクレガン伯爵夫人が明るく声をかけてきた。

「若い二人がもう疲れたわけではないでしょう？　ほら、いらっしゃい！」

今夜のホストの夫人に言われれば、断ることなどできなかった。そもそも今宵《こよい》の目的は、彼女を通じて夫のマクレガン伯爵と懇意になることである。

「は、はい。是非」

「お誘い、ありがとうございます」

「ほらほら、ワルツが始まってしまうわ！」

エイヴリルとクリスティアンは夫人に誘われるまま会場の中央に戻った。

社交界の噂になっている二人の登場に、大勢の視線が集まる。好奇な眼差しに晒され、エイヴリルは少しだけ気後れした。

――弱気になっちゃ駄目。今こそしっかりしなきゃ。

結局、謝罪はまた失敗。彼の考えていることも謎のまま。

いつか、クリスティアンの内面に触れられる日がくるのだろうか。数年後でもいい。エイヴリルが努力し続ければいつの日か伝わると信じたかった。

――初めは自分の罪を償えればと思っただけだったのに……人間は強欲だわ。私ったら、今では彼に理解されたいと望んでいるなんて……

いつの間にこれほど、自分は欲張りになっていたのだろう。いや、昔から変われていないだけなのか。

「こうして踊るのは、初めてですね」

「ええ……」

そう言えばそうだ。甘い痛みがエイヴリルの胸を軋ませる。

偽りの夫婦は手を取り合い、音楽に合わせてゆっくり踊り始めた。

第四章　束の間の休息は甘く

望まぬ客は、いつも突然やってくる。

マクレガン伯爵家が主催する夜会から一か月。あれ以来夫妻とはいい関係が続いていた。

エイヴリルと夫人は何度かお茶を共にしたし、クリスティアンとマクレガン伯爵は事業の話で進展があったようだ。

気難しい伯爵は政治のことに関心はないが、新たな事業には興味津々だったらしい。

今ではすっかりクリスティアンの手腕を認め、信頼を寄せてくれている。

その証拠に、他にも何人か信用のおける人物を紹介してくれた。中にはクロイドン公爵家も含まれており、万々歳だ。おかげでシャンクリー伯爵家とは無関係の人脈を築きつつある。

まだまだ保守的な考えを持つ者が多い貴族社会では、血縁関係を重視する傾向にあるけれど、彼らはクリスティアンの優秀さを認め、家督を継いだ際には力になると約束してくれた。これは本当に心強い。

――私もマクレガン伯爵夫人が誘ってくださったから、無事に貴族の奥様方の集まりに馴染むことができたわ……

最初は『あれが没落貴族のアディソン伯爵か』『大層性格が悪いと聞き及んでいる』と好奇の目が向けられて遠巻きにされていたけれど、今ではもう表立って嫌味を言ったり嘲笑したりしてくる者はいない。

マクレガン伯爵夫人がエイヴリルを娘同然に可愛がってくれているからだ。

リディアを見事返り討ちにしたのも、正解だった。あれ以来無駄に突っかかってくる者も皆無だ。

見下してやろうと待ち構えていた令嬢たちも、昔と変わらず強気なエイヴリルの姿を目にして、下手に関わると自分の方が痛めつけられると悟ったらしい。

全ては順調。

しかしそんな矢先、招待した覚えのない来客が押しかけてきたのである。

「――何だ。兄は不在なのか？」

応接間の主が据わるべき椅子にふんぞり返って腰を下ろした肥満体の男は、わざとらしく溜め息を吐いてクリスティアンを睥睨《へいげい》した。

小狡《こずる》そうな小さな目に、油の浮いた鼻。大きな口からはお世辞にも綺麗とは言えない歯並びが覗いている。

シャンクリー伯爵家の現当主、クリスティアンの義父の弟。つまり、クリスティアンにとっては血の繋がらない叔父にあたる。それも親族の中で最もやかましく、かつ伯爵の座を狙っていることを隠そうともしない厄介者だった。

――以前も思ったけれど、こうして改めてお会いすると、お義父様とは似ても似つかないわね……腹違いの兄弟だから？　お義父様はとても紳士然とした清潔感のある方なのに……共通点を探す方が難しいわ……髪の色くらいかしら？

エイヴリルはつい比較し、憐みの目を向けてしまいそうになった。危ない危ない。人を見かけで判断するのは、下品な行為である。

「はい。母と共に昨日から友人に会いに行っております。お戻りになるのは、明後日かと」

「ふん。そうか」

叔父は白々しく頷いたが、まず確実に知っていて押しかけてきたはずだ。

そうでなければ、客（招いていない）と言う立場にありながら何故主用の椅子に迷わず堂々と座っているのか。もしこの場にシャンクリー伯爵本人が現れれば、気分を害するに決まっていた。

「どうせ財産目当てのあの女が、急に兄を連れ出したのだろう。可哀想な兄君……質の悪い女に捕まったばかりに振り回されて……」

無礼千万な言い方に、エイヴリルは引き攣りそうになる口を引き締めた。

根拠のない勝手な思い込みだけでは飽き足らず、すかさず義母を貶めるとは、性格が悪いにもほどがある。

――何ですって……？　言うに事欠いて、あの優しいお義母様を悪し様に罵るなんて、どういうつもりなの……許されるなら、今すぐ叩き出したいわ……いいえ、完膚なきまでに言い返して止めを刺したい。そのためなら私、いくらでも過去の嫌味な女に戻れるわ！

顔には出さずエイヴリルが怒りを募らせ戦闘態勢になっていると、隣に座るクリスティアンが優美な微笑みを浮かべた。

「叔父上、先にご連絡くだされば、両親揃ってお待ちしておりましたのに」

「何を言う。事前に連絡などすれば、お前の母親に妨害されかねないではないか。あの女は私を嫌っているからな。兄と私の仲を引き裂こうと画策しているんだ」

よくもこんなに被害者面ができるものだ。面の皮が厚い。いけしゃあしゃあという表現がピッタリである。引き裂こうとしているのは、他ならぬこの男自身なのに。

しかし上手い策とはとても言えなかった。

これではクリスティアンの反感を買うだけだろう。もっと上手く立ち回らねば、シャンクリー伯爵自身をも怒らせかねないではないか。義父は妻に夢中なのである。

――この人にとっては、自分が受け継ぐべきだと信じている財産をクリスティアン様に掠め取られかねないから、牽制《けんせい》したい気持ちは分かるけれど……正直頭がいいとは言えないわね……。

義父が後継者の人選に悩んでいたのも納得だ。

この男に譲れば、歴史あるシャンクリー伯爵家が傾きかねない気がした。きっと散財し先祖代々守ってきたものを切り売りすることになる。

そんな憂き目にあうくらいならば、妻の連れ子で優秀なクリスティアンに任せたいと考えても、何ら不思議はなかった。

本音を言えば『駄目だ、こりゃ』の一言。

エイヴリルは内心で毒づきつつ、表面上は微笑を湛えたまま大人しくクリスティアンの隣に腰かけていた。

――たった一つ、この方の功績は、マクレガン伯爵様を怒らせてシャンクリー伯爵家と疎遠にさせてくれたことくらいね……

約二十五年前、良家の仲にヒビを入れた元凶は、この男であったそうだ。

ある程度親しくなった頃、マクレガン伯爵夫人がこっそり教えてくれた。何でもこの叔父は、『シャンクリー伯爵前夫人が病を得た際、まだ治療中であるにもかかわらず後妻を勧める』暴挙に出たらしい。

更に最悪なことに、筆頭候補としてマクレガン伯爵の長女の名を上げたという非道っぷりだった。

当時、シャンクリー伯爵は四十を超えたばかり。対して、マクレガン伯爵の娘は二十歳にもなっていなかった。

これでは父親であるマクレガン伯爵が激怒するのは当然である。

だが実際にはこの話は叔父の独断で、シャンクリー伯爵自身は欠片も関知していないことだった。それはそうだろう。

常識的に考えれば、妻が生きるか死ぬかの瀬戸際だったのだ。

普通なら、後妻についてなど考える余裕があるわけもない。

しかし誤解が誤解を呼び、友人として懇意にしていた彼らが仲違《なかたが》いする結果になってしまったのは、悲劇でしかなかった。

原因である叔父自身は、都合よく全てを忘れているおめでたさだが、どちらにしてもこの男こそが諸悪の根源である。

とは言え、妻が亡くなった後二十年近く独身を貫き続けたシャンクリー伯爵を見て、マクレガン伯爵も薄々真実には気がついたらしい。

つまりは叔父が勝手に暴走しただけで、当の本人に友人の娘を娶る気などさらさらなかったことに。

だが誤解を解くには、彼らの間に拗れた時が経ち過ぎていた。

もともと饒舌《じょうぜつ》でも社交的でもない男二人。簡単に全てを水に流すのは、難しかったのだろう。

結局はまともに話し合う機会もないまま、二十五年という歳月が流れてしまったのだ。

――お二人の友情が壊れてしまったのは残念だけど、おかげでマクレガン伯爵様がクリスティアン様の力になってくださりそうなのは、ありがたいわ……でもこれを機に、お義父様とも和解できればいいのに……

不器用な彼らに思いを馳せ、エイヴリルはしんみりとした。

けれど叔父のだみ声が全てをぶち壊す。

「不味《まず》い茶だな！　酒はないのか！」

茶葉はシャンクリー伯爵家の領地で栽培されたものだ。品質も決して悪くない。

そんなことすら理解していない叔父は、たっぷりと肉のついた顎を突き出した。

――は、腹立たしいわ……！　これはいくら何でも苛々しない方が無理。リディアが可愛く見えてくるくらい、生理的に厳しい……！

口喧嘩や嫌味の応酬なら負ける気のしないエイヴリルだが、辟易《へきえき》してしまった。あまりにも叔父が愚かに見え、同じ舞台で戦える気がしないのだ。

争いは多少の差異はあれど、知性が同レベルの時にしか発生しない。人間と獣《けもの》が本気の罵り合いをすることがないのがいい証拠である。

きっとクリスティアンも同じ気持ちだろう。いや、彼はエイヴリルより余程長く、この叔父と付き合ってきたのだ。もういい加減うんざり具合が限界突破していても、不思議はなかった。

しかしそんな素振りをおくびにも出さず受け答えするクリスティアンは流石である。

にこやかに笑みを返し、平静を保っていた。自分も見習わなくては。

多少冷静さを取り戻したエイヴリルは、引き攣る口元を宥《なだ》めすかし、深く呼吸した。

――駄目よ。絶対に『お前は馬鹿か？』なんて顔をしちゃ駄目。

ここはこれまで培《つちか》ってきた、本音と建前を使い分ける場面。

エイヴリルは心を切り離して叔父の話を聞く振りをし、実際は壁の模様を眺めていた。

「――だいたいお前、私の許可なくさっさと結婚するとはどういう了見なんだ！」

「叔父上、その件に関してはもう何度も説明申し上げたはずですが、義父からは諸手《もろて》を上げて賛成していただきましたよ？　まさか今日いきなり来訪された目的は、僕の婚姻について蒸し返すためですか？」

叔父の大声にエイヴリルが我に返れば、どうやらいつの間にか話題が自分たちの結婚についてに変わっていたらしい。

諦めが悪い叔父は、未だ根に持ち、ネチネチと文句を言いにきたようだ。

――暇なのね……。

つい生温《なまぬる》い目になる。

エイヴリルとクリスティアンが正式な夫婦になった今、何を言っても無駄だと思わないのだろうか。しかも叔父に許可を得る必要性がまるで感じられなかった。

ようは、ただの言いがかり。こんなくだらないことで、貴重なクリスティアンの休日を潰してもらいたくない。

エイヴリルはどうすればこの叔父を可及的速やかに追い払えるかを考え始めたのだが――

「ふんっ。今日の用件は、お前が最近私たちに隠れコソコソとあちこちの夜会に顔を出していることだ」

「これは人聞きが悪い。僕は招待された夜会に出席しているだけです。せっかく娶った新妻を沢山の方々に自慢したいですし」

唾を飛ばして怒鳴る叔父の追及を軽やかに躱し、クリスティアンはエイヴリルの腰を抱いてきた。

その上仲睦まじい夫婦を演じるつもりか、顔を寄せてくる。

――え、クリスティアン様……！　ちょっとやり過ぎです。お顔が近いわ……！

第三者がいる前にしては、大胆な距離に狼狽した。つい一瞬前まで据わっていたエイヴリルの目つきが、まん丸に見開かれる。しかしここで動揺すれば、偽物の夫婦と勘繰《かんぐ》られかねない。

エイヴリルは強張る肩から力を抜き、殊更極上の笑顔を作り上げた。

「クリスティアン様ったら……」

多少声が震えてしまったのはご愛敬《あいきょう》。

愛する夫に骨抜き故だと見えるよう、赤らんだ頬は隠さなかった。

本当は密着する緊張感から心臓が破裂しそうなほど高鳴っていたのだが、そこは大きな猫を被って恥じらう貞淑《ていしゅく》な妻を演じた。

「よく言う。参加している夜会はどれも、これまでシャンクリー伯爵家との繋がりが浅かったところばかりではないか。いったい何を企んでいる」

「叔父上は僕が悪巧《わるだく》みをしているとお思いですか？　滅相もない。単純に新しく交流範囲を広げ、ひいてはシャンクリー伯爵家のために人脈を築こうとしているだけですよ。何か問題がありますか？　社交に関して何か叔父上なりの秘訣《ひけつ》があれば、未熟な僕に是非お聞かせください」

クリスティアンの態度に後ろめたさの気配は微塵もない。

さも深読みする方がおかしいとばかりに、柔和な笑顔を崩さず泰然としていられるのは尊敬に値する。ある意味鉄壁《てっぺき》の防御である。

人は、敵意を示さない人間に攻撃を仕かける意欲は削《そ》がれるものだ。

エイヴリルは夫である彼を横目で窺い、敬愛の念を抑えられなかった。

――クリスティアン様ったら、相手を煽るのではなく、するりと懐に入り込みつつ、よくよく聞けば馬鹿にしているなんて……敵を挑発してしまいがちな私など足元にも及ばない強《したた》かさね。ああすごい。緊張感で肌がビリビリするわ……！

見事な心理戦を間近で見物し、エイヴリルは興奮で背を震わせた。

だが真剣を突きつけ合うような緊迫した雰囲気も、相手が格段に実力不足だと感じ取れなかったらしい。

「はっ、自分が世間知らずの若輩者《じゃくはい》だということは理解しているようだな。兄君もどうしてこんな赤の他人を後継者にしようなどと言い出したのか……そろそろ耄碌《もうろく》しているのではないか？　やはりシャンクリー伯爵家は私や我が子が守らねばならんな！」

鼻息も荒く吐き捨てて、眼前の叔父は『言ってやった』とばかりに満足そうな顔をしていた。

論点をずらされたことにも気がついていないらしい。

言葉の裏に潜む皮肉をまるで嗅ぎ取れなかったのか、褒められたと勘違いして悦に入る彼の姿は、いっそ哀れですらあった。

――言っては何だけれど、クリスティアン様って相当良い性格しているわよね……もっとも、それを理解できてしまう私もよく似ているということなんでしょうけど……

似たもの夫婦という言葉が頭に浮かび、エイヴリルはつい苦笑した。

嫌ではないし、逆に嬉しく感じてしまう辺り、自分の根性も同じくらいふてぶてしく強かだ。

だが今は、彼の思考が理解できる事実が、不思議と誇らしかった。

一般的な箱入り令嬢だったら、きっとクリスティアンと同じ視点は持ち得ない。だとすればエイヴリルが捻くれた思考回路を知っているのも、無駄ではなかったのだと思う。

「くれぐれもいい気になるなよ、クリスティアン。お前如《ごと》き卑しい者がシャンクリー伯爵家を継げるなど夢にも思わないことだ！　私の目が黒い内は、絶対に許さんからな！」

「叔父上を差し置いて、僕がしゃしゃり出るつもりはありません」

しかし義父である当主自らが決めたのなら、逆らうつもりもない――というクリスティアンの後半の台詞は口にされなくても、エイヴリルにはバッチリ聞こえた気がする。まさに以心伝心。

――これは義父様も頭が痛いでしょうね……この方以外にも兄弟はあと二人いらっしゃるし、どの方もよく似ている。その上それぞれにそっくりなお子様がいるのだもの……

血は繋がっていなくても、義父はクリスティアンを可愛がっている。そして、クリスティアンも義父を慕っているのが感じられた。

日々、彼らの日常を見ていればよく分かる。

親子らしい気安さは乏しくても、二人の間には親愛の情がきちんと築き上げられていた。

おそらくクリスティアン自身に爵位を欲する野望は乏しい。だが愛する義父のためにシャンクリー伯爵家を守ろうとしているのだ。

そんな覚悟と決意など知ろうともせず、好き勝手言う親戚たちは、迷惑以外何ものでもない。けれど蔑《ないがし》ろにできないのは体面を重んじる貴族社会の弊害だった。

「はっはっは。弁《わきま》えていることだけは褒めてやってもいい。もしも兄が亡くなれば、お前と母親の居場所など、ここにはないからな。追い出される前に身の振り方を考えておけ！」

「な――」

まるで野犬を追い払うかのようなあまりにも酷い物言いに、エイヴリルの柳眉が吊り上がった。とてもこれ以上黙ってなどいられない。

しかし相変わらずクリスティアンは微笑んだまま。もどかしく感じながら、何かひとこと言ってやりたいと思った時。

「落ちぶれたアディソン家の女など金で買う価値もないのに、無駄な出費をしたな。クリスティアン！」

言葉の刃の矛先が、こちらに向けられた。

――何を言い出すのかと思えば、まぁ何て捻りも面白みもない中傷なのかしら……どうせならもっと、語彙力《ごいりょく》を鍛えてから挑んでいただきたいものだわ……。

呆れた。

これまで数えきれないほど耳にした凡庸な侮辱に、今更エイヴリルは傷ついたりしない。

むしろこの程度でエイヴリルを打ち負かしたつもりになっている男が小物に見えただけだっ

た。

　こちとら世間の荒波に揉まれ続けすっかり擦れた上、口喧嘩最強を自称しているのである。ただの小娘と侮られては困る。

　──やれやれ。本格的にこの方の御託《ごたく》を聞いているのが苦痛になってきたわ。クリスティアン様は本当に辛抱強いわね……え？

　エイヴリルが心底うんざりして無言になっていると、それまで何を言われても動じる気配のなかったクリスティアンの放つ空気が一変した。

「……叔父上、僕のことはどう言っていただいても構いませんが、妻を貶めることはやめていただけますか」

「な、何だと？　私に意見するつもりか！」

　──クリスティアン様ったら、いきなり何を言い出すのっ？

　驚いたエイヴリルが冷気を漂わせる夫を慌てて見れば、表情こそ変わらず柔和なままなのに、威圧感が様変わりしていた。何よりも、黒い目の奥が欠片も笑っていない。

　これは、本気の怒りだ。

「ク、クリスティアン様……？」

　いったいどうしたというのだろう。

　度重なる侮辱でも気にした様子はなかったのに、何が彼の逆鱗《げきりん》に触れたのか。

　明らかに作り物と分かる微笑を浮かべたまま、クリスティアンがエイヴリルの腰を抱く手に力を込めてきた。

「妻に謝っていただけますか？」

「何をほざいている。この私が、没落した家の小娘に頭を下げるはずがないだろう！」

「あの、クリスティアン様。私なら別に何とも思っておりませんけど……」

せっかくここまで堪え忍び、大人しくしていたのに、ここで揉めては全てが台無しだ。いざという瞬間まで、クリスティアンの牙は隠しておく方が得策。

しかし今の彼は野生動物さながらに、獲物を一撃で仕留めかねない気配をだだ漏れにしていた。

――な、何故？　これまでのクリスティアン様なら気にも留めないのに。ああでもそう言えば、マクレガン伯爵様主催の夜会の日も、リディアに対して気分を害していらしたわ。――……まさか、私が悪く言われたせい……？

「……僕が許せないのです。――エイヴリル様を傷つけてもいいのは、僕だけでしょう？」

「それは……」

かつてエイヴリルが言ったことと同じ。

まるで自分にだけ特別な権利があるような、身勝手そのものの言い草。――しかし告げられて初めて、エイヴリルはそれが独占欲に塗れた言葉であることを自覚した。

他の誰にも渡したくない。相手の全部を手に入れたい。異常なまでの執着があるからこそ、己以外の他人に傷つけられることが許せなかったのだ。

――特別に嫌っていたから……？　ううん、違う。私はむしろ逆に――

「馬鹿馬鹿しい！　話にならんな！」

クリスティアンが漂わせる本気の怒りは感じ取れたのか、これまで鈍感そのものだった叔父は急に慌て出した。

形勢不利と見るや、たちまち落ち着きをなくして視線をさまよわせる。

どうやら甥《おい》が反撃してこないと侮っていたから、思う存分好きなことを言っていたらしい。

義父不在を狙ってきたのも、兄に息子を庇われては分が悪いと分かっていたからこそだ。

「叔父上、どうぞ謝罪を」

「するわけがない！　こ、これで失礼する。まったく、何て無礼は若造だ。育ちが透けて見えるとはこのことだな！　盗人《ぬすっと》が本性を現しよったわ！」

捨て台詞を吐いた叔父は、勇ましい足音を立てながら帰っていった。だが、逃げ足めいた早さであったことは否めない。

嵐が過ぎ去った後の如く、沈黙が訪れる。

気怠い疲労感だけが室内に残されていた。

「……ええと、その……私は本当に、気にしていませんよ……？」

静寂を取り戻したシャンクリー伯爵邸で、奇妙な空気に耐えられずエイヴリルはそぅっとクリスティアンの顔色を窺った。

叔父の後姿を見送った彼は、完全に無表情になっている。あからさまな作り笑顔も恐ろしかったが、美形の真顔もそれはそれで迫力があった。

「……言ったでしょう。僕が、許せなかったのです。――この権利だけは誰にも譲りません」

ぐっと握り締められたクリスティアンの拳に、エイヴリルの胸が騒めいた。

チリチリと心が痛い。同時に甘く疼き、心音が大きくなる。

――ああ……そうか。私……

やっと分かった。分かってしまった。

以前から胸の内に芽吹き始めていたこの感情の名前にようやく思い至る。

いや、本当は最初から知っていたのかもしれない。けれど認めたくなかった。

自覚してしまえば、余計に辛くなることに自分で気づいていたからだ。永遠に目を背け続けることなど、できるはずもなかったのに。

――私……クリスティアン様が好きなんだ……

おそらくは、子どもの頃から。

自分だけを見てくれない彼に憤って、間違った独占欲を発揮してしまった。何と幼い精神年齢だったのだろう。我ながら呆れてしまう。

自分の行動は全て、己に返ってくる。優しくしなければ他者から親切にされないし、愛さなければ愛されるはずもない。

欲しがるばかりで与えられないことに苛立ち、関心を奪い取ろうとするエイヴリルに、クリスティアンが振り向いてくれるわけがなかった。そんなことすら気がつかなかった自分が恥ずかしい。

──最低……

稚拙《ちせつ》な過去の自分に、今復讐《ふくしゅう》されていた。

変わりたいと願い、実際に成長したからこそ受けなければならない罰がある。

エイヴリルは半《なか》ば呆然としたまま深く息を吸った。

相手を傷つけてもいいのは自分だけ──そんな歪んだ執着はよく似ていても、おそらく──いや確実に自分とクリスティアンが抱えている理由は違うものだ。

エイヴリルは未熟な恋心故。

そして彼はかつて傷つけられた自尊心を補うために。

似て非なる想いが重なることは決してない。エイヴリルの気持ちが、クリスティアンに届くことがあり得ないのと同じだった。

もしかしたら今日初めて、エイヴリルは心の伴わない結婚生活の虚しさを本当の意味で知ったのかもしれない。

愛情を理解したからこそ、見えてきたものがあった。

──ああ、本当に私は……気がつくのが遅過ぎる。

後悔先に立たず。

これまで何度も感じてきた言葉が、今この瞬間ほど胸に迫ったことはなかった。

好きだから傍にいることが辛くなるし、どうやっても取り返しがつかない過ちがこの世にはあるのだ。

「……エイヴリル様？」

何かを探る眼差しを彼から向けられ、エイヴリルは目を泳がせた。

駄目だ。傷ついた顔など晒せない。悲しみ落ち込む姿など、クリスティアンに見せたくなかった。そんな権利、自分にはない。

本心を隠すことには慣れている。

エイヴリルは無理やり口角を引き上げて、平静を装った。

「……お茶が冷《さ》めてしまいましたね。新しいものを淹《い》れ直しましょう」

「……ええ。お願いします」

互いに薄氷を踏むような心地で会話を交わす。

表面上はいつも通り、何事もなかった振りをした。それが最善の策だと信じて、核心に触れないよう振る舞う。

しかし、エイヴリルが目を逸らしておきたかった真実に気づいてしまったこの日以来、クリスティアンの親類たちからの突き上げが激しさを増したのである。

二十日連続で叔父夫妻や従兄弟たちの襲来を受け、シャンクリー伯爵家はすっかり慌ただしくなっていた。

彼らは決して来訪の知らせを寄越《よこ》さず、さも当然のように朝晩関係なく押しかけてくるのだ。しまいには泊まると言い出す者まで現れる始末。

彼らにしてみれば実家なのだから、わざわざ後妻の女主人に許しを得る必要もないという考えらしい。いくら当主であるシャンクリー伯爵が追い出そうとしても、無駄だった。

そもそも非常識な相手に、常識で立ち向かおうとするのは負け戦が確定したようなものだ。何を言われても気にしない輩に、聞く耳など始めからないのである。

むしろ嫌な素振りを少しでも見せれば、ここぞとばかりに上から目線の説教を垂れ流してきた。曰く、『目上の者を敬え』『身の程を弁えろ』というもはや聞き飽きた言い回しの繰り返しだ。

そして大勢で押しかけてきては、クリスティアンとその母親、およびエイヴリルにネチネチと嫌味を言い、幼稚な当てこすりを次から次に仕かけてくる。

彼らの攻撃パターンはお粗末なものだけれど、毎日となればそれなりに煩《わずら》わしい。

しかも精神的に強靭《きょうじん》なクリスティアンとエイヴリルだけなら跳ね返すことも可能だったが、繊細な義母は違った。

夫が庇うにも限界がある。見えないところや陰でされる嫌がらせにすっかり参ってしまったのだ。

そんなこんなの精神的重圧から、義母が体調を崩すのは当然の結果だった。

「――お義母様……食欲はないと思いますが、一口でも召し上がってください。スープならいかがでしょう？　私が作ってみたのですが……」

「まぁ……エイヴリル、貴女が作ってくださったの？」

　エイヴリルが自作のスープを手に寝室へ伺えば、顔色の悪い義母がベッドの上で半身を起こした。使用人に支えられ、体勢を整える。

「はい。私、以前は食堂で働いていたので、料理には自信があります。お腹に優しいものを、すり潰して煮込みました。お店でも人気があったメニューです」

「どうもありがとう」

　スープを受け取った彼女は、力なく微笑みながら匙《さじ》を口に運んだ。もうこの三日ろくに食べておらず憔悴《しょうすい》しているのに、エイヴリルの気持ちを汲《く》んでくれたらしい。

「とても美味しいわ。これなら食べられそう」

「……それは良かったです」

　世辞だと分かっていても嬉しい。

　矜持の高い実母は、娘が下々の仕事をすることを嫌がって、それで得た対価で生活を賄っていたにもかかわらず最後まで認めてくれなかった。だから一度もエイヴリルが作った料理を口にしてくれたことはなかったのだ。

　しかしホッとしたのも束の間、廊下の向こうでけたたましい怒鳴り声と何かが倒れる音がした。

　屋敷の中では、ひっきりなしに大きな声が響いている。

おそらく叔父同士や従兄弟同士、または配偶者らが揉めているのだろう。

初めは一致団結していた彼らだが、シャンクリー伯爵家を継ぐ恩恵を預かれるのは一人だけだと気がついて以降、仲違いをしているのだ。

そのため敵はクリスティアンだけではないとばかりに、日々親族間でも牽制を繰り広げていた。

「……賑やかね……」

「私、注意して参ります」

「いいえ、いいのよ。貴女が不快な目に遭うだけだわ。夫が戻れば多少は静かになるのだし、もう少しの辛抱だもの」

兄の前では弟たちも僅かに大人しくなる。それに追随して妻や子どもらも喚《わめ》き散らさなくなるのだ。連日の日課になった大騒ぎだが、本日の分は後数時間で治まるだろう。

義父は今日、親しい友人に会いに行っており、予定通りなら二時間ほど後に帰宅するはずだった。

「ですがこれでは、お義母様がゆっくり休めません」

「気にしないで。あの方々が私の部屋に押しかけないよう、貴女たちが気を配ってくれているのは知っているわ。それで充分よ」

「お義母様……」

可能な限りエイヴリルらが盾となり、義母を傍若無人《ぼうじゃくぶじん》な親族たちから庇い守っていることを、彼女はちゃんと気づいてくれていたらしい。

本当に優しく、聡明な女性なのだ。こんな素晴らしい人を苦しめている親類たちが許せない。

エイヴリルが憤ってもどうしようもないのだが、このところずっと苛立ちが抑えきれなかった。嫁いだばかりの嫁という立場では、できることはたかが知れている。怒りのまま矢面に立って対立するわけにはいかなかった。

――まぁ、クリスティアン様の許しが出れば、いつでもあの方々をやり込めるつもりでいるけど……今こそ、私の出番ではないのかしら……？　私なら、あの人たちにどう思われても構わないし、憎まれ役なら喜んで買って出るのに……

エイヴリルに戦う準備はできている。しかし、夫からの指示が出ないから、どうにもならない。

それに毎日他人が屋敷に泊まっていると、さしものクリスティアンも落ち着かないらしい。もう二週間以上、『夫婦のあれこれ』は途絶えていた。

正直、寂しい。

義母が寝込んでいるのに、そんなことを考えてしまう自分が嫌だ。

エイヴリルは落ち込みそうになる思考を振り払った。

――馬鹿なことを思っていないで、とにかくこれからのことを考えなくちゃ。大事なのは、どうすればお義母様を安静にして差し上げられるのかよ。

義父はそれでも頑張ってくれていると思う。

弟たちを追い返し、何かあれば叱責してくれている。だが、敵は不在の間に入り込み居座るのだから質が悪かった。

更に隠れてコソコソ妻や息子らに心労を与えられては、打つ手なしなのだろう。

義父もまた、日々疲れを滲ませていた。

――クリスティアン様もお義父様も不在の時は、私がお義母様を守らなければ……それくらいなら、出しゃばったことにはならないわよね？

やはり静かにしてくれと注意しよう。そう心に決め、エイヴリルが立ちあがりかけた時、義父とクリスティアンの帰宅が使用人から告げられた。

「え？　予定より随分早いお帰りね？　それも二人がご一緒なんて珍しい……」

クリスティアンは別件で外出していたはず。不思議に思いつつ、エイヴリルは義母を横にならせると出迎えのため玄関ホールへ向かった。

「――お帰りなさいませ、お義父様、クリスティアン様」

「ああ、ただいま戻った。……妻の容体はどうだね？　エイヴリル」

「はい。先ほどスープを少しだけお召し上がりになりました」

義父に答えると、隣に立っていたクリスティアンもホッとしたようだ。

「そうですか。多少でも口にできたのなら良かった」

「ええ。私が作ったものなので気を遣ってくださったのだと思いますが、それでも食べていただけるなら、今後も私が料理したいと思います」

「え？　作った？」

父息子同時に目を丸くしていたが、エイヴリルが頷くとたちまち破顔した。

「これは驚いた。妻のためにそこまで……クリスティアンは良い女性を妻に迎えたな」

「ありがとうございます、父上。僕も改めてそう思いました」

不意打ちで優しい眼差しをクリスティアンから向けられ、エイヴリルの胸が高鳴る。ときめいたのを悟られないよう、浅く呼吸した。

「お、大袈裟《おおげさ》です……あまり難しい料理はできませんし……」

「謙遜する必要はない。素晴らしい特技ではないか」

「そうですよ、エイヴリル様。いつか僕にも手料理を振る舞ってくださったら、嬉しいです」

親子三人、にこやかに微笑み合う。だがそこへ、ここぞとばかりにしゃしゃり出てきたのは二番目の叔父の妻だった。

「――んまぁ！　シャンクリー伯爵家の嫁ともあろうものが、料理ですって！　下々のすることをなさるなんて、恥ずかしいとお思いになりませんの？」

香水の匂いをプンプンと撒き散らしながら、さも呆れたようにエイヴリルを螺旋《らせん》階段の上から見下ろしてくる。

「誉れ高きシャンクリーの一族が炊事場に立つなんて……考えられませんわ」

貴族の常識に照らし合わせれば、彼女の言い分は間違っていない。働かないことこそ美徳と教えられてきた階層の者にとって、労働は卑しいことだからだ。

そのため、義父の前であってもエイヴリルを蹴落とす絶好の機会だと踏んだのだろう。

だがしかし。

「……病人が寝込んでいる家で、鼻が曲がりそうなほど香水の匂いを漂わせている方が、よほど考えなしだと思うがね」

普段は温厚な義父も、流石に腹に据えかねたらしい。低い声で、弟の妻に冷ややかな一言を放った。

「えっ、ぁ、こ、これは、そのっ……し、失礼いたしますわ！」

まさかシャンクリー伯爵家の当主に言い返されるとは思っていなかったのか、彼女は慌てふためいて逃げていった。

使用人たちも冷めた目で階上を見上げている。一様に重苦しい空気が漂う。

この屋敷で働く者たちも、叔父らの横暴には辟易しているようだ。声に出すまでもなく『早く出ていってくれ』という気配が日々増していた。

残念なのは、本人たちに微塵も伝わっていないことだろう。

残されたエイヴリルたちは、揃って深い溜め息を吐いた。

「……クリスティアン、お前には苦労をかけるが、計画通りあれを実行しようと思う」

「はい、父上。では皆さんを応接間に呼びますね」

「え？」

父息子の間ではすでに話し合いがなされていたらしく、彼らは互いに頷き合っていた。エイヴリルだけが置いてけぼりで戸惑う。

「――エイヴリル様、全員揃ったら応接間で説明します。母上には後で僕から話すので、先に待っていてもらえますか？」

「は、はい……」

何が何やら分からないが、大事な話があるらしい。

真剣な面持ちの二人に背中を押される形で、エイヴリルは応接間に向かった。すると、屋敷に滞在していた叔父とその家族が一人二人と集まってくる。

先に着席していたエイヴリルを睨みつつ、全員迷わずより上座に座ったのは流石である。

最終的に、今日は泊まっていなかった親戚も集合してきた。

「――よく集まってくれた」

最後に部屋に入ってきた義父が口火を切れば、大勢の視線が一斉に彼へ集まった。

静まり返った室内で、不機嫌そうな者、落ち着かない者、苛立ちを隠さない者……それぞれが今日何故呼び出されたのか想像を巡らせているのが、ありありと分かる。

自分に不利益な内容でないかと気を揉んでいるのだろう。

エイヴリルは固唾《かたず》を飲んで事の成り行きを見守っていた。

「こうして集まってもらったのは、他でもない。シャンクリー伯爵家の跡継ぎに関わることだ。私もいつ何時健康を損なうか分からぬ年齢になった。そろそろ次の後継者を正式に決めようと思う」

「兄さん！　やっと目を覚ましてくれたのですね！　そうです。血は水より濃いもの。他人に

などこのシャンクリー伯爵家を奪われてなるものか！」

　この場に義母が同席していないことで調子づいたのか、一番下の弟が立ちあがって快哉《かいさい》を叫んだ。

　その息子らもニヤニヤと嗤いながら、見下した視線をクリスティアンとエイヴリルに投げかけてくる。自分たちの正当性を信じて疑わない――そういう眼差しだった。

「安心してください、兄さん。僕と息子たちがしっかり受け継いでいきますから！」

「ちょっと待て、どうしてお前が名乗りを上げているんだ。普通に考えれば、次兄たる私こそが時期伯爵に相応《ふさわ》しいだろう！」

「何をおっしゃっているのですか。これまでの貢献度を考えれば、私以外の誰が後継者に指名されるべきだと思うのですか？」

「借金まみれの兄さんたちは黙っていてください！」

　次男の言葉に三男が噛みつき、末っ子が更に声を張り上げた。

　従兄弟同士も言い合いを始め、配偶者も金切り声を上げてゆく。

　控えめに言って地獄である。

　誰も彼もが自分の主張しか口にしていない。より大きな声を出した方が勝ちだとでも思っているのか、獣じみた怒鳴り合いに発展した。

「ちょ……皆さま、静かにしてください。お義母様が落ち着いて休めません……！」

エイヴリルはどうにかこの場を収めようと試みたが、無駄に終わった。

それどころか、この場で一番序列が低いと思われているため、『煩い！』と一喝される。あとはもう喧々諤々《けんけんがくがく》の大騒ぎになった。

「伯爵家の財産は誰にも渡さん！」

「兄弟同士が手を組み、余所者《よそ》を追い出す算段だったじゃありませんか！」

「黙れ！　全部私のものだ。お前らに出る幕はない！」

あまりにも醜い争いにげんなりし、エイヴリルは隣に座るクリスティアンを窺った。彼は静かな表情で沈黙を貫いている。

だが心を痛めていないはずはなかった。

いくら血が繋がっていなくても、親族がいがみ合う姿を目の当たりにして、気分がいいわけがない。義父の気持ちを考えれば、尚更だろう。

過去、エイヴリルも直面した事態だからよく分かった。

「……クリスティアン様……」

膝の上に置かれていた彼の手に、そっと自らの手を重ねたのは無意識からだ。

自分にできることはほとんどない。

それでも、何があっても傍にいると伝えたかったのだ。

利用されるためで構わない。道具として扱ってくれていい。だが絶対的な味方でい続けるという意味を込め、エイヴリルはクリスティアンに寄り添った。

「……エイヴリル様……ありがとうございます。僕なら、大丈夫ですよ」

絡み合った眼差しで、どうやらこちらの意図はきちんと伝わったらしい。

彼は柔らかく微笑んでくれた。作り物ではない笑顔に、エイヴリルも身体の強張りが僅かに解ける。

その時。

「――静かにしろ！」

温厚な義父の怒声が響き渡り、大騒ぎだった室内が一瞬で静まり返った。

ポカンと全員がしていることからも、義父がここまで激昂《げっこう》するのは珍しいのだろう。それまで威勢よく言い合っていた弟たちは、皆一様に硬直していた。

「お前たちは大人しく人の話を聞くこともできないのか！」

「え、え、ですが兄さん……」

「黙れと言っただろうが！」

空気がビリビリと震えるほどの大声に、エイヴリルも身が竦んだ。横を見れば、クリスティアンも驚いたのかやや目を丸くしている。

どうやら相当珍しい光景らしい。

「いいか、一度しか言わんぞ。私がいくらクリスティアンに爵位を譲ると言っても、お前たちは認めないだろう。もし私が先に死ねば、ありとあらゆる手を使って息子の邪魔をするに違いない。私は、一族が浅ましく争うことになってほしくはない。しかしこのままでは避けられない道だと痛感した」

「あ、当たり前じゃないですか。血の繋がりがある者が一人もいないならともかく、兄さんには優秀な甥がこんなに沢山いるのです。僕ら弟たちが気に入らなくても、後継者は甥の誰かを養子にすればいいではありませんか」

「優秀、か。束になってもクリスティアンには敵《かな》わんと思うがな。学校の成績、人脈、評判、これまでに与えられた褒賞《ほうしょう》と培った業績……どれか一つでも、我が息子に勝っていると自信を持って言える者がいるのかね？」

「そ、それは……」

言い淀んだのは、勝ち目がないとこの場の全員が分かっていたからだろう。

悔しそうに視線を交わし、皆俯いてしまった。

「そ、それでも！　シャンクリー伯爵家の長い歴史の中で、一滴も一族の血を引いていない者を当主に据えるなど、前代未聞です！　他家だっていい顔をしないでしょう。我が家を貴族社会の笑い者にするおつもりですか？」

「その件については、クリスティアンが自力で方々に支援を取り付けている。批判する家もあるだろうが、今や支持してくれる家の方が多いだろう。クロイドン公爵家も王家への口添えをすると約束してくれた」

マクレガン伯爵家を筆頭に、根回しは済んでいた。

今のクリスティアンならば、反対勢力があっても簡単に潰されることはあるまい。

けれどそれを聞いて慌てふためいた弟たちは、憎々し気にクリスティアンを睨みつけた。

「兄さんは、あの母子に騙《だま》されているんですよ！」

「……やはりお前たちは、私がいくら言葉を尽くしても理解する気がないのだな……仕方ない。ならば無用な諍《いさか》いを引き起こさないため、皆が納得する方法を取りたいと思う」

深々と嘆息した義父は一度息子の方に視線をやり、小さく顎を引いた。

それを受け、クリスティアンも視線で頷く。

戸惑うエイヴリルの手は、彼に握り直されていた。

「……よく聞きなさい。私と妻は、これから一週間屋敷を空ける。その間に、後継者になりたい者たちは宝探しをするがいい」

「た、宝探し？」

あまりにも予想外の言葉に、ほぼ全員が首を傾げた。反応を示さなかったのは、クリスティアンだけだ。おそらく彼は、事前に全て義父から説明を受けていたのだろう。

「そう。宝探しだ。屋敷の中を隈《くま》なく探しなさい」

「あ、あの……具体的には何を？」

「それは秘密だ。これこそが宝だと思うものを見つけ出し、一週間後に帰った私に見せるがいい」

末の弟が至極まっとうな疑問を投げかけたが、義父は曖昧に濁して答えなかった。

「意味が分かりません、兄さん。ものが何か分からなければ、探しようがないでしょう」

「分からないのか？　これはクリスティアンよりも『血の繋がった家族』であるお前たちの方がずっと有利な勝負だぞ？　お前たちは長年私と一緒にこの家に住んでいた。屋敷の中についても詳しいだろう」

「そ、それはそうですが……でも、クリスティアンが既に宝が何であるかを知っている可能性もあるではありませんか！」

「私が不正を働くと言いたいのか？」

一際低くなった義父の声に、流石にまずいと悟ったのだろう。弟たちが蒼白になり委縮した。

「い、いえ……そこまでは言っていませんけど……」

「ご心配なく、叔父上方。僕も義父の言う宝が何であるかを知りません。条件は同等どころか、あなた方に有利だと思います。正直なところ僕は義父と親子になってから、この屋敷で暮らした日数を合わせても一年に満たないですし、家族としてはまだ日が浅いです」

「クリスティアンの言う通りだ。神に誓って、私は誰か一人を贔屓《ひいき》し答えを教えてはいない。お前たちが言うように血の繋がりが何よりも貴《とうと》ばれるのなら、自《おの》ずと私にとっての『宝』が何を指すのか見えてくるはずだろう。それとも自信がないのかね？　これまで散々信用できるのは親族だけだと言っていたのに、他人に負ける恐れがあるのか？」

叔父たちは自分らの言葉尻を捉えられ、反論できなくなったらしい。

苦虫《にがむし》を噛み潰した顔で、拳を握り締めていた。

「では決まりだな。私は妻の静養を兼ね、彼女を連れて南の別邸に明日から向かう。一週間後戻ってくるまでに、お前たちは屋敷のどこかに隠された『宝』を見つけ出すといい。見事探り当てた者を、シャンクリー伯爵家の次期当主として指名する」

高らかに宣言した義父は、これで話は終わりと言わんばかりに立ちあがった。

「に、兄さん！　せめてもう少し手がかりを……！」

「誰一人特別扱いはしないと言ったばかりだろう。これ以上私を煩わせれば、お前を候補者から完全に外すぞ」

「そ、そんな……っ」

未だかつてなく態度を硬化させた義父は、追い縋る弟たちを冷然と振り払った。どうやら度重なる妻への仕打ちが、逆鱗に触れたらしい。

「ク、クリスティアン様、よろしいのですか……？」

「ご心配なく、エイヴリル様。僕は父の決定に従います。もしもこのまま僕が後継者として正式に指名されても、禍根《かこん》が残るでしょう。シャンクリー伯爵家の一族がいがみ合うのは本意ではありません。それなら父の試練を乗り越え親族の方々に認められたいと思い、この提案に同意したのです」

「で、でも、もしもお義父様の条件を満たせなかったら……」

「その時は仕方がありませんね。僕に才覚も運もなかったということで、大人しく身を引きます。これくらいの問題を解決できないようでは、この先エイヴリル様や家を守っていけないと思います。……もっとも、負けるつもりは更々ありませんけれど」

一瞬、義父とクリスティアンの間には何らかの密約があるのかと期待したが、どうやら違う。義父は潔癖《けっぺき》なところがあるし、クリスティアンが後々蒸し返される恐れがある杜撰《ずさん》な計画を練るとは思えなかった。

だとすればあまりにも無謀《むぼう》な賭《か》けだ。普通に考えて、クリスティアンの分が悪い。

「――私は今夜宝を隠す。だからお前たちは全員一度屋敷を出ていけ。隠すところを盗み見されては意味がないからな。それからまだ息子と私が結託していると疑う者もいるようだから、こうしよう。最初の四日間はクリスティアン抜きで宝探しをするといい。これなら充分公平だろう？」

「ええっ」

静まり返っていた室内で、エイヴリルはつい驚愕の声を上げてしまった。あまりにも、クリスティアンにとって不利だと思ったからだ。しかし直後に探すもの自体が不明なことを思い出す。

――いくら何でも、無茶苦茶だわ。お義父様……！

宝の正体は謎。捜索範囲はシャンクリー伯爵邸の中全て。あまりにも広過ぎるし、雲をつかむような話だった。

「では解散だ。これ以降私に話しかけた者は、問答無用で後継者候補から除外する」

皆が唖然としている間に、義父は応接間を後にした。

取り付く島《しま》もないとはこのこと。

しかしその後、命令を受けた使用人たちの行動は迅速《じんそく》だった。速やかに叔父家族に退去を求め、手際よくそれぞれの屋敷へお引き取り願ったのである。

またエイヴリルも困惑している暇すらなく、クリスティアン共々一時的に屋敷を追い払われてしまった。

戻れるのは四日が過ぎた後。

その間に誰かが宝を見つけてしまえば、そこで終わりだ。結果が出るのは義父が帰る一週間後だとしても、四日間の間に屋敷内は引っ掻き回され尽くした後だろう。

眩暈がするほど絶望的状況に思える――が。

「母上の気持ちが上向きになって、本当に良かった」

シャンクリー伯爵邸から締め出されたクリスティアンとエイヴリルが落ち着いたのは、首都にある宿泊施設だった。

貴族御用達《ごようたし》の高級ホテルである。急な話であったのに、一番いい部屋へ通されたのは、流石シャンクリー伯爵家の力と言うべきか。

寛いだ様子でワイングラスを傾けるクリスティアンは、にこやかに笑った。

「……その点だけは、異論ありませんけれど……」

義父と一週間の旅行に出ると聞かされた義母は、たちまち瞳を輝かせた。『旦那様と二人で旅に出るなんて、初めてだわ』と少女のように大喜びしたのだ。

結婚以来、多忙な義父とゆっくり旅行をしたことはなく、実は寂しい思いを抱いていたらしい。

静養の名目であっても楽しみだと急に生気を取り戻した義母は、エイヴリルから見ても可憐《かれん》で可愛らしかった。

「でもどう考えても、四日間も後れを取るなんて、あまりにも酷過ぎます。条件で言えば、親族の方々の方が断然有利なのに」

「構いません。宝の正体が分からないなら、早さは関係ありませんよ。それにこれくらい分かりやすく差をつけていないと、叔父上たちは納得しないでしょう」

「……おっしゃる通りだと思います。ですが、割り切れないのです」

悔しい思いが先行し、冷静になれない。もしも彼が後継者から外されてしまったら義母の立場がどうなってしまうのかと思い、不安感もあった。自分の実家が没落し大勢の人に裏切られた時でさえ、ここまで腹立たしくなかったのに。

エイヴリルが唇を噛み締めていると、クリスティアンがグラスをテーブルに置いた。

「……ご自分が何を言われてもいつも落ち着き払っていた貴女が、僕や母への中傷と仕打ちには憤ってくださいましたね。──とても嬉しかったです」

「え……それは……当たり前です。……夫婦ですもの」

彼だって、自身への暴言は気に留めなかったのに、エイヴリルを悪く言われた時は庇おうとしてくれた。

その行動の根源にある感情が重ならないものでも、どれだけ嬉しかったことか。

「夫婦……そう。エイヴリル様は僕のものです」

突然甘さを孕んだ美声を注がれ、エイヴリルの肩が小さく跳ねた。

渇望の宿るクリスティアンの眼差しに射貫かれる。大きく脈打った心臓は、そのまま速度を上げていった。

こんな空気になるのは久し振り。

叔父家族らが入れ替わり立ち替わり押しかけてくるようになって以来、すっかりそういう雰囲気になることがなかったのだ。

「あの……」

「嫌、ですか？」

「え」

ご無沙汰だった戸惑いは勿論だが、エイヴリルは彼から自分の意思を確認されたことにも驚いた。

これまでは、乱暴ではなくても強引ではあった。そのことに不満はなかったけれど、今夜のように尊重されている事実に心が震えたのだ。

「流石に僕でも、あの人たちが同じ屋敷にいると分かっていて、その気にはなれませんでした。下手をすると、僕らの寝室を覗きかねない方々ですからね。エイヴリル様の無防備な姿を盗み見されたらと考えたら、妄想の中で何百回あいつらの目玉を抉り出してやったか知れやしない……」

後半、不穏な台詞が聞こえた気もするが、エイヴリルは少なからず感激していた。てっきり、自分が飽きられた可能性もあると思っていたからだ。

——私に興味をなくしたせいではなかったのね……

安堵で瞳が潤みそうになる。軽く咳払いしてごまかし、エイヴリルははっきり首を横に振った。

「クリスティアン様に触れられること、嫌ではありません」

むしろ好きだ。

言えない本音は、眼差しに込めて伝えた。

絡み合う視線が濃密になる。どちらからともなく身を寄せ合うのに、時間はかからなかった。

ベッドへ移動する時間ももどかしく、腰かけていたソファーの上で折り重なる。

彼の動きに合わせて、エイヴリルは自らも服を脱いでいった。こんなにも積極的に自分からクリスティアンを求めるのは初めてだ。

滾《たぎ》る吐息を漏らしながら、もどかしく最後の一枚も脱ぎ捨てる。

お互い生まれたままの姿になり、何物にも遮られない相手の肌を堪能した。

感触も体温も、これほど心地いいと感じられる人はいない。まるで最初から自分のために誂えられた半身のようだ。

そうであったらどんなに素晴らしいかと泣きたくなり、エイヴリルは込み上げる涙を瞬きで散らした。

汗ばみ始めた肌をなぞられ、愉悦が走る。

見つめられている場所が、焦げつきそう。

僅かな隙間も作りたくなくて、エイヴリルが彼の身体にしがみ付くと、クリスティアンに優しいキスを落とされた。

誘惑そのものの口づけは甘く、エイヴリルを酩酊《めいてい》させる。

下唇を食《は》まれ、舌先で擽られただけで、淫靡な吐息が鼻を抜けていった。

彼の舌が焦らしながら口内へ侵入し粘膜を擦り合わせられると、一気に腰にざわめきが溜《た》まり、もう欲望が抑えきれなかった。

「ぁ……っ」

気持ちがいい。

こうしていると、心が満たされてゆく。

愛《いと》しい人と触れ合っているだけでエイヴリルは幸福感でいっぱいになった。

――クリスティアン様が好き……

きっと彼にとっては迷惑にしかならない気持でも、捨てられない。

だからせめて、最後まで隠し通そうと思った。

今夜のこれは、単純に欲望に駆られたから。不安感で人肌を求めているだけ。自分自身にも嘘を吐き、エイヴリルは自らの四肢をクリスティアンに絡ませた。

乳房の飾りを舐め転がされ、快楽の水位が上がる。

脚の付け根に滑り込んできた彼の指に花芯を探り出され、エイヴリルの爪先が丸まった。

絶妙な力加減で押し潰されると、隘路から蜜液がとめどなく溢れ出す。

既にクリスティアンの形を覚えた肉洞は、早く埋めてほしいと希《ねが》っているようだった。

「……この二週間、貴女に飢えて、気が狂いそうでした」

「……私も……」

素直にエイヴリルが返すと、彼が瞠目した。

信じられない言葉を聞いたと言わんばかりに、瞳を揺らした後こちらを凝視してくる。直後に浮かんだ表情は、嬉しそうでもあり、切なそうでもあった。

「……やっぱりエイヴリル様は口が上手い。どうすれば僕の気持ちを掻き乱せるか、熟知していらっしゃる……」

苦し気に吐かれた言葉は、褒められているとは思えなかったけれど、嫌だとも感じなかった。

エイヴリルの身体を愛撫するクリスティアンの手が熱く、情熱的に思えたからかもしれない。求められているのだと勘違いでき、幸せでさえあった。

余計なことは考えたくない。

せめて今だけは、夢を見ていたい。

自分が愛されている妻なのだと、強引に思い込みたかった。

「……ぁ、あ」

胸の頂を二本の指で擦り合わせられながら、蜜口も解される。

入り口付近のごく浅い場所を行きさされ、エイヴリルの奥がキュンっと疼いた。

「ああ……こんなに蜜が溢れて……塞いでしまわねばなりませんね」

「や、ああ……っ」

猛々《たけだけ》しい彼の楔に媚肉を擦られ、花芽を張り出したエラで刺激された。

あと少しで蜜窟に入りそうなのに、巧みに避けられて苦しい。エイヴリルはついいやらしく腰を蠢かし、淫らに強請《ねだ》りたくなってしまった。

「……腰が揺れていますね。僕が欲しいですか？」

「は、い……」

他には誰もいない部屋だと思うと、エイヴリルも大胆になれた。

いくら広い屋敷の中でも、廊下の向こうに義両親がいると思えば落ち着かない。どうしたって声を抑えようという意識が働いていた。

けれど今夜は二人きり。

この部屋には自分たち以外誰もいない。視界に入るのは、お互いだけ。その事実が狂おしいほど嬉しくて堪らない。

甘く高鳴る胸に正直になれば、エイヴリルは濡れた眼差しでクリスティアンを見上げていた。

「クリスティアン様が欲し……ぁあっ」

言い終わる前に、彼の屹立で貫かれた。

深い場所まで一息に埋め尽くされ、上手く呼吸もできない。最奥に切っ先が押し当てられ、そのままグリグリと円を描かれた。

　エイヴリルの眼前に星が散る。

　あまりの衝撃に声も出せず、開きっ放しになった口の端から唾液が伝った。

　性急に繋がったのに、女の内壁は大喜びで愛しい男を迎え入れる。それだけでは飽き足らず、貪欲に更なる奥へ誘い込んだ。

　愛する人の精を強請り、淫猥な動きで剛直をしゃぶっていた。

「エイヴリル様……っ」

「ん、ぁっ……あ」

　クリスティアンの眉間に寄った皺が官能的で、余計にエイヴリルの感度が増してゆく。自分の身体で彼が快楽を得ているのだと思うと、この上ない充足感が込み上げた。

　もっと愉悦に耐える姿を見せてほしい。それは、エイヴリルにだけ与えられた特権だから。

「……手をっ……ん、ぁっ」

　繋いでほしいという願いは、全て言えないまま嬌声に呑まれた。

　それでも彼は分かってくれたらしく、左手を重ね、指を絡め合わせてくれる。

　エイヴリルは抱きしめられるのも好きだけれど、こうして手を繋ぐことも嫌いじゃない。本物の恋人同士や伴侶になれた気がして安心した。今夜限りの夢でいい。

　求めるものが得られた歓喜から目元を綻ばせれば、こめかみや鼻先、頬へと口づけが降ってきた。

これもまたエイヴリルが欲したものだ。

「は……んんっ……」

僅かに唇を開いて目で訴えると、今度は待ち望んだ深い口づけをしてもらえた。

何度も角度を変え、互いの口内を存分に味わう。淫らな水音を立て夢中で貪り合えば、体内に収められたクリスティアンの肉槍が一層質量を増していた。

「他に希望は？　奥様」

「は、ぅっ……ぁ、あ……動いて……っ」

内側をめいっぱい広げられ、蜜路は期待に涎《よだれ》を垂らしている。それでも一向に動いてくれない彼に焦れ、エイヴリルは自ら腰を揺らした。

「……扇情的な眺めですね」

「ぁ、あ……だって……」

浅ましく身体をくねらせる度、腹の中にある存在が生々しく主張する。

卑猥な水音が鼓膜を叩き、それさえも快楽の糧《かて》になった。

「可愛いな。ではもっと自由に動いてくださっていいですよ」

「え……？　きゃぁっ」

腰を掴まれたかと思ったら突然視界が回り、気がつけばエイヴリルの背中がソファーから浮き上がった。

浮遊感に慄いたのは一瞬。すぐにポスンとお尻から下ろされ体勢は安定した。しかし状況が呑み込めない。

　さっきまで自分は仰向《あおむ》けに横たわっていたはずが、何故か今は座っている。それも、寝そべったクリスティアンの上に跨る状態に変わっていたからだ。

「やぁっ」

　思わずエイヴリルが仰け反った瞬間、体内に咥《くわ》えこんだままの屹立が普段とは違う場所を擦り上げた。指先まで愉悦が走り、姿勢を保っていられない。

　けれどくずおれそうになるエイヴリルの身体は、下から彼に支えられ持ちこたえた。

「ぁ、あ……深い……っ」

　だがそれは自重で深々と貫かれるという意味だ。内臓を押し上げられる感覚が少し怖い。同時にそれ以上の喜悦を得てしまい、エイヴリルの目尻から涙がこぼれた。

「この方が、エイヴリル様の望むまま動けるでしょう」

「はぅっ」

　真下から緩く突き上げられ、軽く達してしまった。

　とてもではないが、自分で動くなどできそうもない。快楽が強過ぎて、戦慄くばかりの身体が言うことを聞いてくれなかった。

「む、無理です……っ、クリスティアン様……！」

「貴女が気持ちいいと感じる場所を教えてください」

「そ、そんな……」

言葉と声は甘く優しくても、言っていることは凶悪だ。

声を出すだけでも振動が胎内《たいない》に響いて辛いのに、頭など働くわけがない。まして自分の弱い場所を教えろだなんて、いくら今夜のエイヴリルが大胆になっていても難しかった。

「や……！　意地悪……っ」

「そんな目で見られたら、逆効果ですよ」

「んぁっ」

軽く前後に揺すられただけなのに、腰が抜けるかと思った。

どうにか衝撃を逃そうとしても、太腿に力が入らず膝立ちになることもできない。

エイヴリルの秘裂は粘着質な水音を奏で、彼の楔を咀嚼している。さも美味そうに頬張って、きゅうきゅうに締め上げているのだ。

「ま、待ってぇ……っ、クリスティアン様……っ」

「お断りします。貴女が悪いんですよ。そんな風に僕を煽り続けるから……っ」

「ひ、ぁっ」

緩やかな律動が、時折荒々しいものに変わる。いつ強く突き上げられるか分からない分、油断できなかった。

倒れこまないよう姿勢を支えるだけで精いっぱいのエイヴリルは、されるがままクリスティアンの動きに合わせるしかない。彼に思うさま掻き鳴らされ音を出す、楽器になった気分だった。

「ん、ぁ、あ……、クリスティアン様っ……あ、あぅっ」

にちゃにちゃと結合部を擦り合わせ、彼の硬い叢に秘豆が擦られた。腰を支えてくれた手が
エイヴリルの乳房に伸び、下から弄ばれる。

見下ろせば、情欲を滾らせたクリスティアンが息を乱していた。

――この人が、こんなに感じてくれている……。

もっと余裕を奪い去りたい。理性を剥ぎ取って、獣の如く自分を求めてほしい。

嗜虐心《かぎやく》なのか加虐心なのか、自分でも判然としない。だが言葉にできない衝動に衝《つ》き動かさ
れ、渇望だけが募っていった。

過去のエイヴリルが持っていた、誰かを虐げて悦ぶ気持ちとは違うけれど、彼をもっと追い
詰めたくて仕方ない。いっそ泣かせてみたいとすら思う。

焦らして己を求めさせ、この美しい顔を歪ませることができたなら――どんなに素敵だろう。

きっと他の誰も見たことがないクリスティアンの姿を想像し、どうしようもなくエイヴリルの
体内が疼いた。

――お願い。私を欲しがって。

淫らな欲求に抗えず、エイヴリルは揺く腰を蠢かせた。

前後に揺すり、怖々上下にも動く。

内部を抉られる角度が変わる度に意識が飛びそうになっても、懸命に続けた。

その間、視線は絡めたまま。互いに絶対に逸らすものかと意地になっているかのように相手

の姿だけを視界に収めていた。

グチグチと淫猥な水音が激しくなる。

最初はでたらめだったエイヴリルの動きも、次第に滑らかなものになった。自ら気持ちのいい場所に彼を導き腰を落とし込む。

激しく身体を弾ませれば、胸の膨らみが卑猥に揺れた。

汗が飛び散り、放物線を描く。それら全ての光景が、果てしなく淫らで背徳的だった。

「あっ、ぁ、んぁッ……」

ソファーの上ではベッドほど自由に動けない分、もどかしい。しかしそれすら快楽の糧にしかならならず、興奮を煽る。

足りない。もっとめちゃくちゃに乱したい。愛しい人の全てを自分に釘付けにしてしまいたい。

「……っ、いやらしくて、何て綺麗なんだ……」

クリスティアンに脇腹を撫でられた掻痒感はたちまち快感に置き換わった。

今なら、痛みも擽ったさも全て愉悦に変換されてしまう。彼が与えてくれるものなら全部が、エイヴリルの悦びでしかなかった。

蜜路が不随意に蠢く。クリスティアンの剛直が抜け出ていくのが許せないとばかりに喰いしめていた。

「……ぁ、あッ……ぁ、も、駄目……っ！」

もはや上体を起こしている余力もなくなったエイヴリルは、彼の上で二度三度と痙攣した。ブルブルと全身が震え、体内の楔を思いきり締め上げる。

艶めいた呻きを上げたクリスティアンに鋭く下から突き上げられ、収縮する肉洞を掻き回された。

きっと白く泡立った二人分の体液がソファーを濡らしているだろう。

けれどそんなことはどうでもいい。頭の中にあるのは、彼のことだけ。エイヴリルは溶け合う瞬間を夢見て、淫らに肢体をくねらせ、共に果てを目指し駆け上がった。

好きだといえない代わりにもっと大胆に。もっと卑猥に。

今夜だけ自分に正直になって己を解放した。

「……っぁあぁ……っ」

世界が真っ白な光に包まれる。全身が引き絞られ、幾度も跳ねた。

「……っぅ」

エイヴリルの体内を勢いよく叩くのは、彼の白濁《はくだく》。

大量の熱液に最奥が濡らされた。最後の一滴までエイヴリルに注ごうとしているのか、ゆったり腰を動かすクリスティアンのせいで、一向に快楽の波が引いてくれない。

断続的に押し寄せる法悦の中、脱力したエイヴリルは彼の身体に折り重なった。

「……ぁ……あ……」

汗まみれの背中や頭を撫でてくれるクリスティアンの手が優しい。言葉にせずとも、労わられている気がする。

額やこめかみを掠めたキスは、愛しい女へ贈る口づけに似過ぎていた。心音が重なる。

同じ速さの鼓動が、彼の胸を内側から叩いていた。

「エイヴリル……」

初めてされた呼び捨てに、軽く息を呑む。これまで頑《かたく》なに子ども時代と同じ敬称をつけた呼び方だったのに、どういう心境の変化なのか。

エイヴリルは目を見開いて、頭を起こした。

「……嫌、ですか？」

「いいえ……いいえっ……」

二人の間に聳《そび》え立っていた壁が、ほんの少しだけ低くなった気がする。

エイヴリルは不安を滲ませたクリスティアンの瞳を至近距離から見つめた。

できればもう一度呼んでほしい。

自分たちは夫婦なのだから、夫である彼にはその権利がある。いや、エイヴリル自身が呼んでほしかった。

「エイヴリル……」

願いが伝わった歓喜でこぼれた涙は、慌てて顔を伏せごまかした。

クリスティアンの胸に頬と額をくっつけ、必死に呼吸を整える。

「はい……っ」

名前を呼んでみたものの、彼にも言いたいことがあったわけではないらしい。大きな掌がエイヴリルの髪を撫でてくれた。

その重みと熱が心地良過ぎて陶然とする。

しばらくそのまま、言葉もなくじっとしていた。

「……もっと、貴女を抱きたい」

どれだけ時間が流れたのか、エイヴリルのつむじに口づけた彼がそう囁いた。

腹の中に収められたままだったクリスティアンの楔は、再び首を擡げ始めている。その変化を身体の内側で敏感に感じ取っていたエイヴリルは、真っ赤になって頷いた。

「私も……クリスティアン様に抱かれたいです……」

飢えたキスを交わし体勢を入れ替えられれば、今度はエイヴリルが下から彼を見上げる形になっていた。

赤い髪が、劣情に塗れた瞳を彩る。

直接子宮に響く愉悦が、全身に熱を灯した。

「んっ……」

一度達した女の身体は敏感で、軽く揺すられただけでまた絶頂に飛ばされそうになった。

エイヴリルが喘ぐと、強弱をつけて同じ場所を抉られる。

蜜口からは二人の体液が泡立ちながら溢れていた。

「もっと脚を開けますか？」

「はい……っ」

エイヴリルが力の入りきらない両脚を左右に滑らせると、クリスティアンに彼の肩へ抱え上げられた。

そのせいで結合が深くなる。

ぐぷぐぷと淫靡な音が鳴り、快楽がより鮮烈なものに変わった。

「ぁ、ふ、深い……っ」

「一番奥で、僕を受け止めてください」

「ひぁっ……ぁ、あ、あッ」

荒々しく揺さ振られ、彼が先ほど放った白濁が掻き出された。これまでにないほど激しい交わりに、エイヴリルの意識は何度も飛びそうになる。その度に快楽を刻まれ、夢と現実が曖昧になった。

――実を結べばいいのに……

彼の子種で満たされた自らの腹に手をやったエイヴリルは、今夜ほど切実に願ったことはなかった。

第五章　本当の宝物

クリスティアンの両親が旅に出て五日目の朝。

シャンクリー伯爵邸に戻ったエイヴリルは唖然とした。どこもかしこも強盗でも入ったのかという荒れっぷりだったからである。

家具は倒され、扉は外され、カーテンや敷物は部屋の片隅に丸められていた。飾り棚に並べられていた品はどれもあちこちに転がり、引き出しは開きっ放しという有様だ。

一瞬、現実が認識できずここがどこなのか分からないほどだった。

「……申し訳ございません、クリスティアン様。私共ではあの方々をお止めすることができず……毎日屋敷中を片付け、修理をしているのですが追いつきませんでした……」

「大丈夫、気にしないでくれ。君たちはよく頑張ってくれたよ。ちゃんと分かっているとも」

疲れ切り、憔悴《しょうすい》した執事が深々と頭を垂れ謝罪してきたのを、クリスティアンが労り励ました。

使用人のほとんどは両親の旅行に同行しており、残されていたのは執事と最低限の者たちだけである。それでは到底手が回らなかったのだろう。

宝探しのために押しかけてきた叔父家族たちは全員四日間居座り、家探しを敢行したらしい。しかも全ての部屋をひっくり返して漁《あさ》るだけでは飽き足らず、壁に穴をあけ床板を剥がす破壊行為にまで及んだそうだ。

結果、美しく整えられていた屋敷の中は、酷い様相に変わり果てていた。

「疲れただろう？　今日一日、休みを取ってくれて構わない。僕らの世話も必要ない。片付けなら、明日から僕も一緒にやるよ」

「クリスティアン様……」

主の優しい言葉に感激したのか、執事は落ち窪んだ瞳を潤ませた。

大方叔父家族は宝探しに没頭し屋敷を荒らすだけでなく、自分らの身の回りの世話も当然のように要求したのだろう。

きっとただでさえ人手が足りない彼らを、平然と顎でこき使ったのだ。目に見えるような光景に、エイヴリルも使用人たちへの同情を禁じ得なかった。

「ええ、心配しないで。私は自分で何でもできるし、クリスティアン様の世話も任せて頂戴。不在の間、この家を守ってくれてありがとう」

心の底から感謝を告げれば、ついに執事は男泣きを始めた。

「……っく、どうかクリスティアン様に若奥様、この勝負に勝利してくださいね……！　私たち皆の総意です……！」

心情の籠った声に背中を押され、改めてエイヴリルも気持ちを奮い立たせた。

やはり、シャンクリー伯爵家を守り発展させられるのはクリスティアンだけだ。彼と義父の大切なものを壊されないため、自分もできる限りのことをしなくては。

「ありがとう。頑張るよ。ところで叔父上たちはまだ滞在していらっしゃるのかい？」

その割には、邸内は静かだった。

エイヴリルも不思議に思い、螺旋階段の先にある階上の客室に目をやる。

「三男様と四男様はご家族を含め、お帰りになられました。それぞれ『宝』を見つけたそうです。けれど次男様は――」

「私がどうかしたと言うのかね？」

いかにも不機嫌そうな声が玄関ホールに響き渡り、執事がビクリと肩を強張らせた。

「ふん。きたのか、クリスティアン。残念だがもう我々が探し尽くした後だぞ。これから隠された宝が見つかるとは、とても思えん。今のうちに尻尾を巻いて逃げたらどうだ」

だったら何故まだお前は屋敷に居残っているのだ――とは言えず、エイヴリルは冷めた眼差しを叔父に向けた。

その後ろからは、彼の妻と子どもたちがわらわらとやってくる。

全員髪に蜘蛛《くも》の巣が張り、あちこち薄汚れていた。執事に視線で問えば、屋根裏部屋を調べた後らしい。

ちなみに使用人に命じて探させなかったのは、叔父たちが彼らを気遣ったからではなく、万が一『宝』を横取りされたら困るから――という理由だそうだ。

それを聞いた時、エイヴリルは脱力しそうになった。

「叔父上、ただいま戻りました」

クリスティアンは叔父の嫌味を丸ごと無視し、にこやかに帰宅の挨拶だけをした。それが気に入らなかったのだろう。太った男は、弛《たる》んだ顎の肉をブルブルと揺らした。

「戻っただと？　ここが自分の家だとでも思っているのか？　生意気な若造め……っ、――おい、そこのお前、今すぐ湯あみの準備をしろ！　あちこちべたついてかなわん！」

叔父たちの機嫌は最悪だった。

それこそ頭から蒸気が上りそうなほど怒り狂っている。あの調子で四日間当たり散らされたのなら、使用人たちは本当に大変だったに違いない。

床を踏み抜く勢いで彼らが歩き去るのを見送り、クリスティアンがエイヴリルに向き直った。

「あの様子では、四日間の間に成果がなかったようですね」

「そのようですね……けれど叔父様の言う通り、もう探す場所は残されていないのではありませんか？」

おそらく、自分たちの私室も無事ではあるまい。

夫婦の寝室を勝手に見られ触られたのだと思うと、非常に気分が悪い。どうしても弄られたくない大切なもの――クリスティアンから貰ったものだけは念のため持ってホテルに避難していたのだが、本当に良かったと思う。

「隈《くま》なく探索された後だからこそ、見えてくるものもあると思います。まずは被害の全貌を把握しましょうか。少しでも片付けておかないと、両親が帰ってきた時に驚いてしまいますし」

「え、ええ……」

エイヴリルとしては、すぐにでも宝探しを始めるのかと思っていたので、肩透かしを食らった気分だ。そんなに悠長に構えていて大丈夫かと、心配で堪らない。だが、自分がしゃしゃり出る場面でもないだろう。

釈然としないままエイヴリルは彼の提案に頷き、各部屋を見て回った。

その結果分かったことは、『想像していたよりもっと酷い』絶望と『よくも大事な実家にこんなことができるな？』という憤りだった。

とにかくどこも嵐が通過したのかと訝るほどの破壊され方で、ソファーの座面が切り裂かれているのを目にした時には、膝から崩れ落ちるかと思った。

更にはエイヴリルたちの寝室に置かれたベッドは解体され、ご丁寧に宝石が抉り出されている。これは完全に嫌がらせだろう。

もう何を嘆けばいいのか不明になるほど『最悪』という表現しか思いつかなかった。

「叔父上たちは、ここぞとばかりに色々しでかしたようですね」

「あ、あんまりです。まさかお義父様たちの部屋も、似たような惨状でしょうか……っ」

「流石にそれはないと信じたいところですが……後ほど確認してみましょう。それにしても、こんなところに宝が隠されているはずはないのに」

「え？」

妙に確信に満ちた物言いに、エイヴリルは首を傾げた。

ひょっとして既にクリスティアンは目星がついているのだろうか。そう思い聞いてみると、彼は首を横に振った。

「いいえ。見当もつきません。でも考えてみてください。義父上はあの年齢。屋根裏などの隠すのが大変な場所に入り込むとは思えません。このところ、膝の痛みを訴えておられましたし。壁や床の中もあり得ないでしょう。どうしたって一度剥がした痕が残りますよ。同じ理由で、解体しなければ何かを入れられない家具の内部も可能性は低いと思います」

理路整然と説明され、全くもってその通りだと納得せざるを得なかった。

「ですが、使用人に命じて隠したのかもしれませんよ？」

「それもないと思います。父は思慮深く公平な人ですから、宝を隠すことを任された者が口を滑らせる恐れも計算していたと思います。ひょっとしたら旅行に連れていった者の中に協力者がいた可能性はありますけど、全面的にやらせたとは考えられませんね。そう言う点は、案外厳格なんですよ」

「お義父様のことを、よく理解していらっしゃるのですね……」

「尊敬していますから。母を幸せにしてくれた上に、僕にも愛情を注いでくれました。これからも色々なことを教えてもらいたいですし、支えていきたいと思っています」

そのためにも、今回の試練を必ず乗り越えなければならない。

彼の決意が伝わってきて、エイヴリルは大きく頷いた。

「では作戦会議を開きましょう。私にもお手伝いさせてください」

「勿論。頼りにしています」

穏やかに微笑まれ、エイヴリルの胸が温もった。全て言葉にしなくても、何かが通じ合っている気がする。

ホテルで過ごした四日間は、二人の関係性に変化をもたらした。

ずっと二人きりの夜を重ねる内、心の壁がどんどん低くなっていったのだ。

抱き合って眠り、時間が許す限り共にいる。

勿論、昼間のクリスティアンは仕事に行っていたし、エイヴリルも情報収集に勤しんでいた。けれどホテルの一室にいる間は、常に身体の一部が触れ合っていたかもしれない。

ただ身体を重ねるだけでなく、心が寄り添っていた。

そんな夢のような時間が流れたおかげで、以前よりも二人の距離が格段に近づいたのは間違いない。こうしてシャンクリー伯爵家に戻った今も、それは変わらなかった。

——少しは、私がクリスティアン様に受け入れられていると思っていいのかしら……?

過度な希望を抱いて落とされたくないと己を戒めても、エイヴリルの期待は膨らむばかりだ。たとえ許されなくても、妻として信頼される存在にはなりたい。

淡い希望を胸に、エイヴリルは辛うじて修繕されていた椅子に座った。テーブルを挟み、彼も腰を下ろす。

「——さて、ちなみにエイヴリルはどんなものが義父上の宝だと思いますか？」

「分かりません。ですが、さほど大きなものではないと考えています。それに、簡単に壊れる脆《もろ》いものでもないのではないでしょうか」

ホテルでの夜以来、彼の呼び方から他人行儀さはすっかりなくなっていた。それでも、未だに呼び捨てにされるとドキドキする。

緩みそうになる頬を引き締め、エイヴリルは神妙な顔をした。

盗み聞きを警戒し、互いに顔を寄せあって囁き合う。クリスティアンの呼気が肌を擽り、加速する鼓動をどうにか落ち着かせた。

「同感です。義父は叔父たちの性格を熟知していますし、こうなることも予測していたはずです。宝物が壊されることを危惧《きぐ》していたなら、最初から危ない提案をしないでしょう」

「では具体的に何が宝物だと思いますか？」

持ち運べて丈夫なものだと仮定すると、宝石類だろうか。同じような結論に至ったのか、三男と四男の叔父家族も、宝飾品を持ち去ったそうだ。

「絶対にないとは言い切れませんけれど、義父はあまり高価なものへの執着は乏しいのですよ。それにシャンクリー伯爵家が代々受け継いでいる品や、祖母の形見は持って静養に向かったようです」

エイヴリルと同じで、特に大切な品々は最初から避難させているらしい。だとしたら、屋敷に残されていたものが一番の宝物というのはあまり考えにくいのではないか。

「それではいったい……」

「一般的に思いつく品ではないのだと僕は思います。もしかしたら義父は、僕たちが何を持ってくるかを試しているのではないでしょうか」

「つまり、明確な答えはもともとない……ということですか？」

「ご明察です、エイヴリル」

褒められた嬉しさで動揺したのをごまかしつつ、エイヴリルは眉根を寄せた。

「でもそれでは、全てお義父様の考え一つで正解にも不正解にもなるということですよね？だったら探しても意味がないことになりませんか？」

「いいえ。だからこそ『試されている』のだと思います。本当に僕が後継者として相応しいのか——義父の真意を理解し、同じ視点を持ち得る者なのか——実際のところ、叔父上たちではなく僕一人が試験を受けているのだと思っています。そして一見荒唐無稽《こうとうむけい》な宝探しを通じて、親族を黙らせられる説得力と統率力を発揮できるのかを、見極められているのではないでしょうか」

「ええ……？」

あの穏やかそうで紳士然とした義父が、そこまで冷徹に計算しているだろうか。

しかしクリスティアンが言うなら間違いないだろうとも思う。

「お義父様は、クリスティアン様が選ぶものを見て、答えを決めるとお思いですか？」

「はい。ですから、エイヴリル……貴女の協力が必要なのです」

「私の？」

義父の厳しい一面も知らなかった自分に、できることなどあるだろうか。

手伝いたい気持ちはあっても、足手纏いにしかなれない気がした。

即答できず言い淀むエイヴリルの手を、彼が両手で包みこむ。壊れ物を扱うような繊細な力で引き寄せられ、気がついた時には抱きしめられていた。

「貴女はいつも、僕にはできない発想を教えてくれます。どうか僕を助けてほしい」

「わ、私にできることがあれば、何でもしますけど……クリスティアン様より私は確実にお義父様について知りませんよ……？」

自分を頼ってくれる彼に、胸が高鳴った。

嬉しくて涙ぐみそうになった瞳をエイヴリルは何度も瞬く。頬をクリスティアンの胸に預けていると、彼の少し速い心音が聞こえてきた。

「それでいいのです。人は誰しも、対峙する相手の立場や印象によって、捉え方が全く変わるものです。どうぞエイヴリルから見た義父ならばどうするかを、僕に教えてください。貴女は人の心を読むことに長《た》けている。それにこれは僕の勝手な印象ですが、エイヴリルと義父上は少し似ているところがある気がします」

明確に告げられなくても、クリスティアンから絶対的な信頼を寄せられているのが分かった。

許すと言われたのでも、まして愛していると告白されたのでもない。夫婦としての関係は、歪なままだ。それでも、充分だと思えた。

――こんな重大なことを担わせてもらえて……これ以上何を望むと言うの？

贅沢を言えば罰が当たる。エイヴリルは彼から向けられる信頼に応えるため、必死に頭を働かせた。

クリスティアンの言う通り、義父が自分に似ているとしたら、どんな発想をするのか――

「――お義父様が大切にしているものとして一番に浮かぶのは、やはりお義母様のことです。最初の奥様を亡くされて以来、浮いた噂がなかった方が、初めて強く望んだ結婚ですもの」

「ええ。義父は確かに母を愛してくれています。けれど宝が母に関するもの――とすると、範囲が広過ぎる」

「思い出の品などが考えられますが、それこそ親族の方から粗雑に扱われそうですね……」

嫌がらせにクリスティアンとエイヴリルの寝室を破壊したように、わざと壊して捨てられることも考えられた。

「簡単にはお義母様関連の品だと分からないもの……？　それとも容易に壊れない、又は壊そうと思わないほど高価なもの……？」

しかしだったら当初の考察通り、屋敷に置き去りにしないのではないか。

「……難しいですね」

でたらめにあちこちひっくり返しても無意味だろう。

この宝探しは、探し始めるのが出遅れても不利にはならないものだったのだ。そんなことより、じっくり考えることの方が重要だった。

そこまで計算して叔父たちを上手く言い包めてしまった義父には、改めて舌を巻く。

流石はクリスティアンが尊敬する人だ。そして、義父の思惑をきちんと捉えている夫が、エイヴリルにはとてつもなく眩しく感じられた。

——何としても、クリスティアン様の役に立ちたいな……

そのために自分ができる精いっぱいのことは。

「……お義父様が私の想像以上に強かな人であるなら、たぶんクリスティアン様にも多少意地の悪いことを仕かけていると思います。宝はきっと単純なものではなく、捻りや発想の飛躍が必要なのでは？」

もしかして義父は、この状況をどこか面白がっているのではないか。そう考えれば、後継者を決めるのに『宝探し』を突然提案する突飛さも理解できる気がした。

何故かと言えば、エイヴリルだったらそうするからだ。

せっかくなら楽しみたいと策略を巡らせる。特にかつての自分であったなら、確実に物見高い気持ちになったはずだった。

気になっている相手だからこそ、ちょっかいをかけて翻弄したい——少々困らせ、高みの見物と洒落込みたい——決して純真なだけではない歪な欲に振り回された過去があるからこそ、エイヴリルには義父の思考が理解できた。

叔父たちを巻きこんだのは、あくまでも建前だと仮定する。ならば義父がクリスティアンに選んでほしいものは何だろう？

「——ふむ。言われてみれば、僕の知る父上ならやりかねませんね」

「……もしかしたら、『隠した』という言葉に踊らされ過ぎなのではないでしょうか？　実は最初から同じ場所にあるものを見落としているという可能性も――」

大事なものを所有する人には二通りの型がある。

人目に触れぬようしまい込み、厳重に保管する場合。もう一つは、常に愛で楽しめるところに置き留めておく場合だ。

贅沢を好まない義父は高価なものを並べて飾ることをよしとしておらず、むしろ実用性を重視しているきらいがある。

屋敷の中に置かれた美術品や肖像画《しょうぞう》の数々は、シャンクリー伯爵家が代々受け継いできた品で、新たに購入されたものは少なかった。いくつかの例外は、義母への贈り物くらい。

そんな中、義父が唯一自分の意思で飾っているものは――

「……たった一枚だけある、家族三人の肖像画……」

それは五年前、周囲の反対を押し切って義父母が結婚した直後に描かれたものだった。

クリスティアンは仕上がりを目にする前に、隣国へ留学してしまったらしい。だから、完成品がどんなものかは未だに知らないそうだ。

けれど義母から『執務室に飾り、とても大事にしていらっしゃる』と聞かされたことがあると、彼はこぼした。

「……でもあの絵は、前の奥様の肖像画を背後に描き込んでいるはずです。それを聞いて、叔父たちが母をせせら笑っていました。『前妻と比較されていることも気づかない哀れな女』とか『逆に底意地の悪い後妻の勝利宣言だ』とか。僕も何故そんな真似をと疑問に感じました。普通、前妻と後妻を同じ絵に描くなんて、考えられないでしょう？　ですからあれが義父の宝物とはとても思えません」

「――いいえ。クリスティアン様、きっとそれです」

「え？」

エイヴリルの断言に、心底意味が分からないと言わんばかりの顔で彼が戸惑いを露にする。

だが、エイヴリルには確信があった。

通常なら、新たな家族の肖像画の中に、今は亡き一人目の妻を忍ばせるなど非常識だ。しかし、視点を変えたらどうだろう。

調度品にほとんど無頓着《むとんちゃく》な義父は、自身の肖像画でさえ滅多に描かせていない。

この数年、シャンクリー伯爵家に増えた装飾品の全ては、義母絡みのものだ。それなら家族三人の新たな肖像画も、彼女の望みだったのではないか。

もしもエイヴリルの考えが正しいとしたら――

「……前の奥様を描くことは、お義母様自らの提案だった可能性はありませんか？　いくら何でもお義父様からの指示だったとは、私も思えません。これは私の想像ですけれど、前の奥様を心底愛していたお義父様ご と夫を愛しているという、お義母様の強い意思表示だったのではないでしょうか。そしてお義父様もその気持ちを受け取ったとは考えられませんか？」

前妻という存在があったからこそ、現在のシャンクリー伯爵がある。

きっと義母は、愛情深く孤独な義父だから心惹かれたのだ。そして全て丸ごと愛すると決めたに違いない。また義父も、新たな伴侶の想いをきちんと受け止めた。

妻の深い愛情に触れ、義父はますます家族の大切さを噛み締めたと思うのは考え過ぎか。

けれど一度思い至った可能性は、エイヴリルの中で揺るがないものになっていた。

「……散々肖像画を馬鹿にしていた親族の方々なら、まさかそれこそがお義父様の宝物だとは夢にも思わないでしょう」

きっと彼らには、二人の妻が描かれた意味を理解できない。

溢れんばかりの愛情があるからこそ完成した肖像画の構図は、叔父たちにとって意地の悪い企みに満ちたものとしか映らない気がした。

彼ら自身の内面が、そうだからだ。

優しさも愛情も、己の中になければ他者の内側に見つけられない。

相手を理解し受け入れる気持ちがないと、真実は絶対に見えてこないのだ。

「まさか……でも……」

「もう少し言わせていただければ、クリスティアン様がどれだけお母様を愛し理解しているかを試すことにもなります。また、お義父様の家族に対する愛情を疑っていない証明にもなるのではありませんか」

少しでも不信感があれば、件《くだん》の肖像画が義父の宝物だとは認めにくいはず。そこまで見越した答えなのではないかとエイヴリルは思った。

こちらを見つめる彼の瞳が揺れる。驚愕に見開かれていた黒い双眸が、エイヴリルを捉えたままゆっくりと笑みの形に細められた。

「――エイヴリル。一緒に父の執務室にきてくれますか？」

「勿論です！　クリスティアン様」

「やはり、僕は貴女がいなくては駄目です。自分一人では、とてもそんな結論には至れなかったし、思いつきもしませんでした。――ありがとうございます、エイヴリル」

彼の声音がとても優しい。穏やかに囁かれ、自分は役に立てたのだと実感した。

嬉しくて心に羽が生えたよう。一つの蟠りもない、満面の笑みを浮かべられた。

「私はたいしたことなどしていません。クリスティアン様の的確な助言があったから、もしやと口にしただけです」

「……エイヴリルといると、どんどん知らない自分が生まれてきます。昔はその感覚が苦手でしたが、今は癖になっていますよ。どうぞ、もっと僕を支配し振り回してください」

「支配だなんて穏やかじゃないと思いますが、どういう意味です？　まさか被虐《ひぎゃく》的な趣味に目覚めたのではありませんよね……？」

嗤まれることは嫌だが、反対に嗤んでくれと言われるのも困る。とは言え、こんな風に冗談を返せる関係になれたことがエイヴリルの心を躍らせた。

「ははっ、それも悪くない。でも、虐げられても構わないと思うのは、貴女だけですよ」

「お、おかしなことを言わないでください。そんなこと、もうしません」

軽口を叩き合い、手を握る。二人揃って立ちあがってからの行動は早かった。

叔父たちに妨害されないよう、周囲を警戒しつつ廊下を移動した。

エイヴリルとクリスティアンが向かった義父の執務室は、案の定酷い有様ではあったけれど、幸いにも壊されたものはない。

流石に若夫婦の寝室を嫌がらせ目的で荒らしたようなことはできなかったらしい。これなら、掃除をすれば元通りになるだろう。

目的の肖像画は壁から外され床に放置されていたが、傷はついていなかった。

「良かった……汚れてもいません、クリスティアン様。――ほらご覧になって。お義母様がとてもお綺麗に描かれています。それにとっても幸せそう。これを依頼したお義父様が悪意を持っているはずがありません。勿論お義母様だって同じです」

額縁《がくぶち》も無事だ。新しい家族三人と、背後で見守るように穏やかに微笑んだ前妻の姿。

実際目の当たりにした肖像画は、叔父たちが嘲笑していたような酷い思惑に満ちたものではなく、むしろ大きな愛情とこれからの決意を感じさせる素晴らしい作品だった。

エイヴリルは、絵画の中の今よりも若いクリスティアンを見つめる。愛おしさが込み上げて、すっかり大人の男性になった現在の夫に微笑みかけた。すると。

「……っ？」

啄《ついば》むような軽やかなキスが、ほんの一瞬唇を掠めた。

ひょっとして自分の勘違いなのではないかと思うほど、刹那の口づけ。

驚いて目を見開けば、視界の中に真剣な面持ちのクリスティアンがいた。

互いに床に膝をつき、じっと見つめ合う。

「――先ほど言ったこと……冗談でも嘘でもありません。僕には、貴女が必要なのです。傍にいてくれないと、おかしくなりそうだ……」

「え、ええ。お傍を離れるつもりはありません。必ずクリスティアン様をシャンクリー伯爵家の後継者にしてみせます。そのために私は妻として迎えられたと――」

「違います！」

身のほどは弁えている、そう言いかけたエイヴリルの言葉は、いつになく強い彼の語気で遮られた。

「クリスティアン様……？」

「勘も頭もいい貴女のことだ。本当は分かっているのでしょう？　それでいて気づかない振りをして、僕を弄んでいるのですか？」

「何のお話ですか……？」

本当に彼の言わんとしていることが分からない。

エイヴリルは何度か瞬き、上目遣いでクリスティアンを見返した。

「あの……？」

「――ええ、それでもいいと思い、手を伸ばしたのは僕です。見え透いた言い訳を並べ立ててでも、貴女を傍に置きたかった。目論見《もくろみ》通り結婚できて、最初は充分満足していましたよ……

けれどエイヴリルはどれだけ僕を虜《とりこ》にすれば気が済むのですか？　今更こんな泣き言を言えた義理ではないのも重々承知していますが、それでも僕は――」

「あ、あのっ、ちょっと待ってください。本当に話が見えません」

宝探しの答えに辿り着いた途端、何故責められているのか全く理解が追いつかなかった。

自分の言動で、どこが彼を不快にさせたのだろうか。

むしろ先ほどまで、未だかつてないほど心の距離が縮んだ気がしていたのに。

エイヴリルは動揺したまま、手にした肖像画を胸に抱いた。

「落ち着いてください、クリスティアン様。できれば説明していただきたいのですが、何を怒っていらっしゃるのですか？」

「怒ってなどいません。悔しいだけです」

苛立たしげに吐き捨てた彼は、自らの腿に拳を振り降ろした。

世間一般的には、そういう態度を怒っていると言うのではないのか。

「申し訳ございません――」

「謝らないでください」

被《かぶ》せ気味に言い放たれ、ではどうすればいいのか困惑する。これまでのエイヴリルなら成す術なく黙り込む選択肢しか取れなかっただろう。

何か余計なことをして、これ以上クリスティアンを不快にさせたくなかったからだ。

しかし今日は違った。僅かでも心が通じ合った高揚が、まだ胸に残っている。夫婦の情愛とはほど遠くても、信頼関係は二人の間に築けたはずだ。

その自信がエイヴリルの背中を押した。

「……ちゃんと言ってくださらなければ貴方が何を考えているか分かりませんわ。私からの謝罪を求めてないのなら、どうすれば気持ちが和らぐのか教えてください！」

今までなら、遠慮して言えなかった言葉。

委縮していたエイヴリルの心は、生来の勝気さを取り戻し始めていた。

だがそれは傍若無人で、怖いものなしだった過去の自分に戻ったという意味では決してない。

痛みや慈《いつく》しみを知り成長したエイヴリルが、手に入れた本物の強さだ。

大人として、妻として。一人の人間として自分の脚で立っている。流されるように生きてきても、選択したのは他ならぬ自分だ。

今の生き方に誇りを持っているからこそ、しっかり彼と向き合うことができた。

「勿論、過去の過ちは謝って済む問題ではないと自覚しています。クリスティアン様が私を許せないのは当然でしょう。ですがこのままではお互いにとって不利益です。いい機会なので、とことん話し合おうじゃありませんか！」

傷つくかもしれない。それでも、逃げ続けるよりずっといい。

エイヴリルは自分の本当の気持ちから目を逸らした結果、後悔するのはもううんざりだった。

それくらいなら、いっそこの場で木っ端微塵に砕かれたい。

やけっぱちにも思える感情の昂ぶりから、エイヴリルは勢いよく立ちあがった。つられて彼も腰を上げる。

「さぁどうぞ。クリスティアン様の本音を聞かせてください。私を憎んで嫌っているのでしょう？　でも残念。私は貴方を愛していますけどね！　――あ」

激情が迸り、つい言うつもりのなかった本心を晒してしまった。

口から飛び出た告白に、誰よりも驚いたのはエイヴリルだ。しかし声にしてしまった言葉の取り消しはできない。それに嘘ではないから否定もできなかった。

「あ、あの……」

嘲笑や嫌悪を滲ませた彼の顔は見たくなくて、慌てて視線を逸らす。

先ほどまでの威勢のよさはすっかり消え去り、エイヴリルは肖像画を抱きしめたまま俯いた。

――私の馬鹿……！　こんな時に何を言っているの……！

つい気持ちが昂ったなんて言い訳にもならない。

脆い心の内など、一生明かすつもりはなかったのに――

「クリスティアン様、わ、忘れて下さ――」

「もう一度聞かせてください」

「はいっ？」

ガッと彼に肩を掴まれ、逃げられない状態で迫られた。

咄嗟に、何て非道なのだと頬が引き攣る。わざわざエイヴリルを追い詰めるために、もう一度同じことを言えと要求するなんて、嗜虐的にもほどがある。

「ちょ……いくら何でも酷過ぎませんかっ？」

「いいから聞かせてください。エイヴリルが僕をどう想っているですって？」

答えなければ解放してもらえないと悟らざるを得ない強い眼差しに射貫かれ、掴まれた肩には痛みが走った。

どんなにもがいても、とても抜け出せない。むしろ壁際に追い詰められ、彼の両腕が顔の横に突かれた。素早過ぎる。

「ひっ……？」

しかも反射的に右腕の下をくぐって逃亡を図ろうとしたエイヴリルの脚の間に、クリスティアンの膝が割り込んでくる。スカートを壁に磔《はりつけ》状態にされ、伸びあがることは勿論、しゃがむことすらできなくなっていた。

──何なのっ？　この手際の良さはっ！

「さぁ、エイヴリル。言ってください」

もはや脅迫である。

ぺしゃんこに押し潰されそうな圧迫感の中、エイヴリルは白旗を揚《あ》げた。

「わ、分かりました！　私はクリスティアン様のことをお慕いしています。貴方を苛め抜いた私がおこがましいのですけど、恋しい気持ちが抑えきれないのです！　本当は昔から私だけを見てほしくて、ありとあらゆる嫌がらせを仕かけていました！」

もうどうとでもなれ。

馬鹿にされるなら、それでもいい。

彼がエイヴリルを見下し嗤うのなら、大人しく全て受け止めようと決めた。

胸の中にある愛しさ全部を吐き出す心地で、エイヴリルはもう一度「クリスティアン様を愛しています」と繰り返す。

後は裁きの瞬間を待つばかり。

お前など大嫌いだと罵られる衝撃に耐えるべく、全身に力を入れた。

それなのに、いつまで経っても嘲笑う声が聞こえてこない。

俯いたまま待っていたエイヴリルは、怖々視線を上げた。すると。

「……本当に……？　その言葉、信じてもいいのですか？　いいえ、今更取り消しても、聞く耳持ちませんよ……？」

頬を染めた彼が呆然としていた。

「……え？」

想定していた反応と違う。もっとこう、冷たくあしらわれるものだと覚悟していたのに、漂う気配はどこか甘くふわふわとしていた。

現状が上手く把握できない。

エイヴリルが戸惑っていると、苦しいほどの力でクリスティアンに抱き竦められた。

「ぐぇっ」

色気のない声が出てしまったのは、仕方がないだろう。それほど、抱き潰されるのを危惧する力加減だったのだ。

大事な絵を守りつつ、息苦しさからエイヴリルが意識を手放しかけた頃、気がついた彼が大急ぎで腕の拘束を緩めてくれた。しかし、完全に放す気はないらしい。

上半身も下半身もピッタリ密着したまま。エイヴリルの脚の間には相変わらずクリスティアンの膝が割り込んでいる。しかも少しずつ上昇を始めるものだから、自然と爪先立ちにならざるを得なかった。

――こ、このままではクリスティアン様の脚の上に座ることになってしまう……！　いえ、その前にどうにかしないと、股に触られてしまうじゃない……！

「――僕も同じです」

「お、同じ？　何がですか？」

それどころではないエイヴリルは、懸命に背伸びしていた。

もうそろそろ限界だ。あとほんの少し彼の膝が上にあがれば、恥ずべき場所をを押し上げられてしまう。こんな昼間、しかも義父の執務室で。

――ふしだら過ぎる……！　自分たちの部屋の窓際よりもっとあり得ないわ……！

ぞっとする未来に怯え、足首を更に伸ばす。しかし全ては無駄な徒労に終わった。

「きゃぁっ……」

耐え切れなくなった脚がよろめき、エイヴリルは体勢を崩した。そのまま予測通り、クリスティアンの太腿に半ばのる形になる。

「あ、ご、ごめんなさ……っ」

「エイヴリル、僕は貴女を愛しています。幼い頃からずっと……」

「えっ？」

先刻までとはまるで違う驚きの声を上げ、エイヴリルは瞠目した。

幻聴だろうか。どう考えても彼の言葉とは思えない。そんな奇跡を夢見るあまり、現実と妄想がごっちゃになった可能性があった。いや逆にその方が余程確率が高い。

「クリスティアン様……正気ですか？　私は貴方に散々嫌がらせをした女ですよ……？」

自分がおかしくなったのでなければ、きっと彼がとち狂ったのだ。

そう考え、エイヴリルはつい胡乱《うろん》な眼差しを向けてしまった。

「失礼ですね。至極正気ですよ。そもそも僕はエイヴリルにされた数々の行為が嫌ではありませんでした。だってあれらは全部……僕に対する歪んだ独占欲でしょう？　たとえ根底にあるものが嫌悪だったとしても、貴女の関心を惹けていることに、悦びしかありませんでしたよ」

「……はい？」

何をどこから突っ込めばいいのやら。

──私に苛められたのが嫌ではなかった……？　ううん、それより私の行動が間違えた独占欲や執着だと知られていたの？　え、待って。しかもクリスティアン様は私が彼を嫌悪していると思っていたということ……？

壮大な誤解が互いの間に横たわっていることは、薄々感じられた。

「あの、それだとまるで、クリスティアン様が私のことを憎からず想っていたと聞こえるのですが……」

「ずっとそう言っているつもりですが？」

彼の言葉はきちんと耳に届いている。だがあり得ないという気持ちが強過ぎて、いまいちエイヴリルの頭に染み込んでこなかった。

「へ、変態ですか」

「言うに事欠いて、それですか。――まぁ、普通の子どもではありませんでしたね。こう言ってはあれですが、僕は幼い時から容姿を褒められちやほやされがちだったのですよ。大抵の人が、この顔目当てに擦り寄り、ベタベタと触ってきました」

クリスティアンの実の父親は息子の外見を利用し、色々なところに連れ歩いたと言う。アディソン伯爵家に同行させていたのも、その一環だったらしい。

息子の美しさを餌にして、あわよくば高位貴族に取り入る。そこには見せびらかす以外の思惑も含まれていたのかもしれない。

エイヴリルは考えたくない可能性に、慌てて頭を振った。

「……そんな中で、貴女の反応は新鮮でした。あんな風に接されたことはありません。特に女性は老いも若きも僕を誉めそやし触りたがる方々ばかりでした。だから、無視されるのも静かでいいくらいに思っていたんですよ。煩わしさから解放されて、丁度良かった」

「それで……いつも飄々《ひょうひょう》としていらしたの……？」

仲間外れにされても、彼はまるで気にする素振りがなかった。寂しさなど欠片も感じさせない態度は、エイヴリルの仕打ちを歯牙にもかけていなかったからなのか。

そんな反応が余計にこちらの心を捩れさせ、嫌がらせ行為を加速させていったのに。

「下手に悲しむ振りをするよりも、その方が貴女を刺激し、余計に僕を甚振ることへ夢中にさせられると思っていました」

歪んでいる。

エイヴリルも相当なものだが、クリスティアンは遥かに上をいっていた。とても子どもの発想ではない。

若干――いやかなり激しくエイヴリルが引いていると、彼の双眸に不安の色が揺れた。

「……僕、気持ち悪いですか？」

「えっ、あ、……悪いか悪くないかで言えば前者ですが……――嫌だとは思いません……」

偽らざる本音を述べ、エイヴリルはクリスティアンの背中に両手を回した。

「……信じられません……私はずっと……貴方に疎《うと》まれ嫌われていると思っていました……」

「それは僕の台詞です。嫌悪されているから、あれこれ攻撃されるのだと信じて疑いませんでした。それなのに僕は、他の子の直接的な暴力から庇ってくれたエイヴリルに、本気の恋をしてしまったのですよ。我ながら、少し変ですね」

変態かどうかは保留にするとしても、大層な変わり者なのは確かだ。

虐められる原因を作った当人が一度助けたくらいで心奪われたなんて、正気の沙汰じゃない。

誰がどう考えてもおかしい。

　しかし捻くれた者同士、何となく納得してしまった。

　好きだから、虐めたい。独占したい。どんな形でも自分だけを見てほしい。

　発露《はつろ》は違っても、エイヴリルとクリスティアンの考え方はとてもよく似ている。どうしようもなく愚かで、未熟だった。

　そんな二人が出会ってしまったからこそ、巻き起こった奇妙なすれ違いの結果が、今なのかもしれない。

「でも、それで何故……クリスティアン様は私と結婚しようと思ったのですか？　五年間、一度も会うことすらなかったのに……」

「留学自体、このままではエイヴリルに認めてもらえる男になれないと考えたからです。異国で成果を出せば、貴女を振り向かせることができるのではないかと夢見ていました。けれど吃驚《びっくり》ですよ。その間にまさかアディソン伯爵家が没落するなんて考えもしませんでした」

「私も予想外でした……」

　あれほど裕福で権勢を揮っていた我が家が困窮するなど、今考えても驚きである。しかし人生とは何があるのか誰にも分からない。

　エイヴリルは、乾いた笑いを漏らした。

「それでも悪いことばかりではありませんよ。こうして私は自分の馬鹿さ加減を見つめ直すことができましたし、今も健康に生きています。お母様とばあやだって元気にしているんですもの。食堂の女将さんはクリスティアン様のおかげで店を続けていられますし……ほら、良いことだって沢山ありました」

「……たぶん僕は、貴女のそういう強かなしなやかさに惹かれたんだと思います。周りにいるどんな人たちも、エイヴリルのように逞しくありませんでしたからね」

「……それ、褒めています？」

どこか手放しで喜べず、エイヴリルは唇を尖らせた。

「当たり前です。常に新鮮な驚きをくれる貴女に、僕は夢中なんです。だからこそ、留学から帰ってエイヴリルの現状を知り、居ても立ってもいられずすぐに結婚を申し込みに行ったのです。……後継者争い云々は、全て言い訳ですよ。ただ単に、貴女を手に入れられる口実ができたと思っただけです」

「あ、呆れた……」

これでも真剣に悩んだのに。求められている役目を果たそうとして、必死だった。その時間を返せと言いたい。

エイヴリルの喉元まで出かかった言葉はしかし、そのまま溶けて消えてしまった。

どうにも複雑で面倒なこの人のことを可愛いと感じてしまった時点で、エイヴリルも同じだ。

根性が捻じれている者同士、お似合いだった。

「……私、お世辞にも性格がいいとは言えませんよ」

「知っています。でも根が素直なことも存じています。人の性格など環境によって曲がることもあれば、まっすぐ育つこともあるでしょう。ですが生まれ持った性質は変わりません。エイヴリルはある意味、己の欲求に正直だ。方法を間違えることがあっても、がむしゃらになれるところが好ましい。自分を顧《かえり》みて反省し、正しい道に進む柔軟性と強さもある。再会して、僕はますます惹かれました」

作り物ではない笑顔と心情の籠った言葉に、疑う余地はなかった。

抱き寄せてくるクリスティアンの腕が微かに震えていることも、真実を窺わせる。

彼の胸に頬を寄せ、エイヴリルは自分と同じだけ速くなっている夫の心音を聞いた。

後悔しても取り返せない、愚かな自分の過去をいくら恨んだことだろう。

自業自得だと諦めても、悔やまない日はなかった。

今でもそれら全てが許されたのではないことは分かっている。けれど、全身を包みこむ温もりに、これ以上抗うことはできなかった。

「……私、クリスティアン様を愛しています……」

「僕も、エイヴリルをずっと昔から愛しています」

奇跡を待ち望むには、エイヴリルは現実を知り過ぎている。そんな甘いものがこの世にあるわけがないと悟る程度に、辛酸《しんさん》を舐めてきたのだ。

それでも、いくつかの幸運は、常にこの手の中にあった。

ばあやを始めとした数人の使用人が手を差し伸べてくれたこと。厳しい生活の中でも、母が本格的な病を得なかったこと。至って健康体の自分の身体。女将さんの食堂で雇ってもらえ、住むところには困らなかったこと――

それらも全て、今日この瞬間に繋がるための奇跡だったのかもしれない。そんな夢物語を信じてしまうくらい、エイヴリルは幸福感に満たされた。

愛する人の手に抱かれ、髪を撫でてもらうことがこれほど気持ちいいなんて初めて知った。

だからこそ、今伝えなくてはならない。

「私……っ、クリスティアン様の髪をみっともないなんて本当は思っていませんでした……とても綺麗で、素敵な色だと……触ってみたい、独り占めしたいと憧れていたんです……」

「ははっ、それは分かりませんでした。女性の心は複雑怪奇だな……でも、どうぞ。そういうことなら、これから思う存分触ってください。僕の全部は、貴女のものですから」

許しを得、伸ばしたエイヴリルの指先に赤い髪が触れた。

何度も指を絡め、梳《す》き、指を遊ばせ、心地いい感触にうっとりする。

「……もっと早く、自分の心に素直になれば良かったです。そうしたら一日でも早くクリスティアン様の髪を独り占めできたのに」

「髪だけでなく、僕の全てを貴女に差し上げます。これから先、一生独占してください。その代わりエイヴリルの全部も、僕のものです。――ああでも残念だな。流石の僕も義父の執務室で淫らな行為には及べません。いつ何時、叔父家族が乗り込んでくるか分かりませんし……」

「も、もう、クリスティアン様。何をおっしゃっているのですか！」

さも無念そうに彼がこぼすので、エイヴリルは真っ赤になってクリスティアンを諫《いさ》めた。

大体そんな場合ではないだろう。荒れ果てた室内を見回し、慌てて彼から離れかける。

「一刻も早く落ち着いてエイヴリルを抱けるように、まずは片づけを始めましょうか」

だがまるで緩まない腕から逃れることはできなかった。

にっこりと笑ったクリスティアンに最初は咎める視線を向けたエイヴリルも、すぐに頬を綻ばせる。額をくっつけ、柔らかく目尻を下げた。

「はい、旦那様」

初めて口にした呼称に、彼は蕩けるような微笑みを返してくれた。


義父が戻るまでの三日間、宝を見つけたことを叔父家族に悟られないよう、エイヴリルとクリスティアンは揃って探す振りをし続けた。

次男家族は事あるごとに妨害工作を仕かけてきたし、あわよくばクリスティアンが見つけたものを奪い取ろうとしているのが見え見えだったので、一時も気が抜けなかったのだ。

合間に破壊された邸内を修繕し、修復不可能な家具を新たに購入した。

使用人たちの私物までひっくり返して漁った叔父たちの評判は最悪である。エイヴリルとクリスティアンは屋敷で働く者全員に「必ず勝ってくださいね」と応援されたほどだ。

おかげで片付けた夫婦の寝室を再び荒らされるのは、使用人たちが防いでくれた。

そうして約束の一週間が経過し、本日義父母が帰宅の運びとなったのである。

「──僅か一週間だが、随分久し振りに戻った気がするな」

「あちこち、壁や調度品が変わっているからでしょうか……」

呆れ気味に言った義父の隣で不安げに呟いた義母だが、顔色は随分良くなっていた。心なしかやつれていた頬もふっくらしている。

「お帰りなさいませ、義父上、母上。お疲れでしょう。まずはゆっくりお休みになられますか？」

「馬鹿を言うな、クリスティアン！　我々がどれだけ兄を待っていたと思うのだ。今すぐ宝探しの報告を兄も聞きたいに決まっている！」

クリスティアンが気を利かせ、馬車での長距離移動をしたばかりの両親を労わっていると、次男である叔父が大声を張り上げた。

「ですが、叔父上。母は病み上がりなので……」

「そんなこと、どうでもいい。お前はことの優先順位もまともにつけられないのだな！　やはりシャンクリー伯爵家を背負うには、力不足だろう」

三男がすかさず援護射撃をし、鷹揚《おうよう》に次男が頷く。

ここぞとばかりにクリスティアンを押しのけ前に出た末っ子の叔父は、愛想笑いを張り付けて義父に擦り寄った。

「お帰りをお待ちしていました、兄さん。無事のお戻り、何よりです」

「……その割には、落胆の色が見えるな」

「ま、まさか！　道中の安全を祈っていました！」

おそらく、旅の途中で長兄が何らかの事情で亡くなれば、心置きなくクリスティアンを排除できると思っていたのだろう。どうにも残念感が隠し切れていない。

「……まぁ、いい。私も早くその件を解決したいのは同じだ。早速お前たち全員が見つけた宝を見せてもらおうじゃないか」

「はい、是非！　おい、お前たち。とっとと準備をしないか！」

後半はシャンクリー伯爵家の使用人たちに向けられた命令だが、よく躾けられているはずの彼らは、皆一様に白けた眼差しで叔父たちを見ていた。

言葉にせずとも、『うんざり』感がすごい。それでもすぐさま指示に従うのは流石である。

当然そんな空気を義父も感じ取ったらしい。しかしほんの少し眉を顰《ひそ》めただけで、特に何言わなかった。

いよいよ審判の時が訪れる。エイヴリルは緊張を和らげるため、深呼吸した。泣いても笑っても、今日で全てが決まるのだ。

「……クリスティアン様」

「どうしたのですか？　エイヴリル」

「今更言うのもどうかと思うのですが……その、本当にあれで大丈夫でしょうか？　私が強引に言い切ったせいで決定してしまいましたが……」

あの肖像画の話を聞いた時は間違いないと確信したし、実際目にしてその感覚は強まった。

けれど、急に心配が押し寄せてくる。

考えてみれば、自分は義父の為人《ひととなり》についてほとんど知らないのだ。クリスティアンから見た印象と、義母の人柄、自分ならどうするかを考え、導き出した答えに過ぎない。

もしも間違っていたら……とこの三日間の内に不安は膨らむ一方だった。そこへ義父たちがいよいよ帰宅し、エイヴリルは胸に巣くった危惧を抑えきれなくなっていた。

「全部私の勘違いだとしたら……」

「大丈夫ですよ、エイヴリル。僕は貴女の言葉を信じます。エイヴリルのおかげで、ものの見方も変わりました。仮に不正解だとしても、僕はあの絵をこれから先、誇らしいものとして受け入れられます。それだけでいくら感謝しても、しきれない」

他の者には聞かれないよう、顔を寄せあって囁き合う。

優しい黒の双眸に見つめられ、エイヴリルの内側でとぐろを巻いていた不安感は、ゆるりと解けていった。

仮にクリスティアンが後継者として指名されなかったとしても、きっと彼は自分を用済みとして切り捨てたりしないだろう。気持ちが通じ合った今なら、そう信じられた。

「万が一叔父家族の誰かが選ばれたとしても、悔いはありません。その時は潔く身を引きます。エイヴリルはついてきてくださいますよね？」

「あ、当たり前です！　何ならアディソン伯爵家の婿になればよろしいわ！　領地も財産も何もありませんけど！」

「貴女がいれば、充分です。資産なら、いくらでも僕が稼ぎますよ」

いつしか不安は完全に消え去り、二人とも笑い合っていた。

そのまま手を繋いで肖像画を取りに行き、義父たちが移動した応接間に向かう。

既に全員席に着いており、エイヴリルとクリスティアンは空いていた末席に腰かけた。

「――揃ったな。それでは皆、見つけたものを出すといい」

義父に促され、テーブルの上にそれぞれが品物をのせた。叔父たちだけでなく、従兄弟らも自信満々に自らが選んだものを持ち寄っていた。

「順番に、何故それを選んだか説明してもらおうか。全員の意見を聞いてから、私の答えを言おう」

――やはり、明確な答えなど最初からないのね……

大事なのは品物ではなく、選んだ理由。

義父の言葉に、エイヴリルとクリスティアンは眼差しで頷き合った。

だが、他の親族は気にした様子もなく、滔々《とうとう》と持論を語り出す。

曰く『一番高価だから』『希少で今後手に入れにくいものだから』『昔から家にある、歴史のあるものだから』――言い方は違えど、どれもこれも似たり寄ったりの理由だ。

きっと彼らは『義父にとって』という視点が抜け落ち、『自分にとって』価値があるものを選び抜いたのだろう。

黙って説明を聞いていた義父の表情に変化はない。けれど叔父たちは手ごたえを感じているのか、鼻息も荒く、自分が選んだものがどれだけ素晴らしい品かを力説していた。

「なるほど。お前たちがそれらを選んだ理由はよく分かった。最後にクリスティアン、それは何だ？」

「おお、奴にも一応権利はありますな！　クリスティアン、その絵は見覚えがあるぞ。確か家族四人の肖像画だったな！」

次男がわざと『四人』を声高に叫び、室内には嘲笑が広がった。

「ははっ、自分が兄さんの息子であると言いたいのか？　いやはや、皮肉が理解できないのも哀れだな」

「静かにしろ。――クリスティアン。何故それを選んだ？」

嘲る弟を黙らせ、義父が静かに問いかけた。

エイヴリルはそっとクリスティアンに身を寄せる。すると、膝に置いていた手を彼に握られた。

「――母と義父上の深い愛情と、互いへの信頼が込められているからです。それから、家族を築き上げてゆこうという強い意思を感じ取れました」

「……弟たちは、非常識な肖像画だと思っているようだが？」

「これが描かれた当初は、僕もお二人の真意が理解できませんでした。でも、今なら分かります。絶対的な信頼と愛情があってようやく、見えてくるものがありました」

義父と息子が見つめ合ったのは、さほど長い時間ではない。けれど、それで充分だった。

血の繋がりのない父子は、僅かに頷き合う。

「なるほど。――これで全員だな。では私の答えを言おう」

静まり返った室内で、誰かが喉を鳴らした。

呼吸音も憚られる静寂の中、義父が口を開く。

「それぞれ、今持っている物を相続させる。宝石や美術品を手にしている者は遠慮なく持ち帰るがいい。それが私からの最後の贈与《ぞうよ》だ」

「……えっ？　ど、どういう意味ですか？」

誰もが義父の意図を理解できず、互いの顔を窺っていた。エイヴリルにも分からない。クリスティアンはじっと義父を見つめていた。

「そのままの意味だ。お前たちにとって、『高価』で『希少』な『古い』ものこそ価値があるのだろう？　どれも私には必需品ではない。くれてやるから、二度とシャンクリー伯爵家の財力を当てにするのはやめなさい」

「そ、そんな……では後継者はどうなるのですっ？」

焦った叔父たちが立ちあがり、義父に詰め寄った。全員が自分勝手に喚きたてる。

鬱陶《うっとう》しげに手を払った義父は、まっすぐクリスティアンを見つめてきた。

「我が息子よ、お前が正解だ。家族を――この家を継いでくれるな？」

「……義父上……！」

「ま、待ってください、兄さん！　こんな肖像画一枚で決めるなんて、どうかしています。だいたいただのご機嫌取りですよ。クリスティアンは兄さんの耳に心地いい言葉を並べたに過ぎません！」

「だとしたら、お前たちには何故それができないのかね？　血の繋がりが最も素晴らしいものなら、私がどうすれば喜ぶかなどお見通しだろう？」

痛いところを突かれた叔父が、言葉に詰まった。

しかしまだ諦める気はないらしく、尚も義父に取り縋る。

「も、もう一度機会をください。今度こそ――」

「ああ、それから今回この場に持ってきた宝以外にこの屋敷から持ち去ったものについては、見逃してやろう。どれもそれなりに値が張るもののようだが、構わん。私がお前たちにする最後の援助だと思えば、安い話だ」

「えっ」

その場にいたエイヴリルとクリスティアン、それに義母を除いた全員が蒼白になったことから、それぞれ身に覚えがあるのだろう。

執拗に荒らされた室内は、盗難をごまかすためでもあったらしい。

義父の近くに控えた執事は涼しい顔をしており、彼が報告したのだと察せられた。

「に、兄さん……何か誤解なさっているようですね。あれは、その、ちょっと預かったと言うか……そう！　盗まれたり壊れたりしては大変なので、我が家で保管していただけですよ！」

「お前がそう言うなら信じよう。ならば早急に返したまえ。だが、私の決定は変わらない。この勝負に勝ったのは、クリスティアンだ。故に、息子を後継者として正式に指名する」

有無を言わせぬ義父の態度に、これ以上抗議しても無駄だと悟ったのか、叔父たちはその場にへなへなとへたり込んだ。

けれど往生際悪く、歯を剥き出しにしてクリスティアンを睨みつけてきた。

「こんな馬鹿なことがあるか！　他人のお前など絶対に認めないからな！」

「そ、そうだ。由緒正しいシャンクリー伯爵家が乗っ取られてしまう！」

「王家に訴えて、爵位を継げなくしてやるから、覚悟しろ！」

「お前たち、いい加減にしなさい。私に窃盗《せっとう》で訴えられたいのか？」

義父による、聞いたこともない低い恫喝《どうかつ》に恐れをなしたのか、叔父家族が縮みあがった。そして今度は罪を擦り付け合うように、兄弟同士で言い争いを始める。

「お、お前が変なことを言い出すから……！」

「どうせバレないと言ったのは兄さんでしょう！」

「いや、お前のところの息子が率先して……！」

「――摘まみだせ」

最後は義父の一言により、彼らは全員速やかに屋敷の外へ追い出された。

喚き散らし抵抗していたが、すっかり不満と鬱憤《うっぷん》を溜めていた使用人たちの行動に、迷いも容赦もない。ここぞとばかりに力づくで排除された。

「……終わった、の……？」

残されたのは、義父母と自分たち夫婦だけ。

嵐が通り過ぎた後のような静けさの中、立ちあがったエイヴリルはクリスティアンと手を握り合ったままだったことにやっと気がついた。

だが繋いだ手を解く気になれない。

相手の掌から伝わる温もりが心地よく、どうしても放したくなかったからだ。

「――よく見つけた、クリスティアン。私の期待以上の答えだ」

「ありがとうございます、義父上。ですが僕だけではこれを選ぶことはありませんでした。エイヴリルがいてくれたから……辿り着くことができたのです」

クリスティアンに腰を抱かれたエイヴリルを、義父が満足そうに見つめてきた。

「そうか。素晴らしい伴侶《はんりょ》だ。絶対に手放すのではないぞ」

「勿論です」

「わ、私は何も……！」

「彼女がいたからこそ、僕は叔父たちにシャンクリー伯爵家を渡したくないと本気で思えました。もしも僕一人なら、とっくに諦めて相続放棄を申し出ていたと思います」

胸が熱くなる。そんな風に言われては、緩む涙腺を堪えられなかった。

「クリスティアン様……」

「それは困るな。お前に去られては、弟たちに好きなように引っ掻き回されてしまう。ならばエイヴリルは、シャンクリー伯爵家にとって救いの女神《めがみ》というわけだ」

「ええ。僕の人生の指針でもあります。……地位や財産を欲したのも全て、彼女を手に入れたいがためでしたから」

義父の前で恥ずかしげもなく惚気られ、エイヴリルは赤面した。

溺愛していることを堂々と宣言されたのも同然。

どんな顔をすればいいのか分からず、慌て驚いた。

「あまりベタベタしてエイヴリルを困らせては駄目よ、クリスティアン」

「大丈夫です、母上。僕らは今、最高に幸せな夫婦なので」

「？　そうなの？　エイヴリルが嫌がってないのなら、別に構わないけれど……」

嫌ではない。しかしやっぱり恥ずかしい。

ますます赤く熟れた頬を押さえ、エイヴリルは素早く逃げ出そうとした。が。

「手放さないと言ったでしょう？」

腰を強く引き寄せられ、半ばクリスティアンの胸へ倒れこんだ。

それだけならまだしも頭頂部に柔らかく口づけを受け、全身が沸騰しそうになる。

「ちょ……っ」

エイヴリルが抗議しようとした刹那、耳朶を撫でられ、強く抱きこまれた。

義両親のみならず、使用人たちからの生温かい視線も感じる。もはや顔を上げられる状況ではなかった。

「お二人とも、帰ったばかりでお疲れでしょう？　どうぞゆっくり部屋で休んでください。僕らも自室に戻ります」

「ああ、そうしたまえ。諸々の後始末は、また明日対策を立てよう。弟たちが完全に納得したとは思えんからな。だがこの家をいずれ継ぐのは、クリスティアン。お前だけだ。頼んだぞ」

「はい。お任せください」

義母を連れ部屋に戻る義父を見送って、エイヴリルたちも自分たちの寝室に移動した。

この一週間、特に後半三日間の緊張感は相当なものだった。

やっと二人きりになれたと思うと、どっと疲労がのしかかる。

エイヴリルはソファーに腰かけ、肩から力を抜いた。

「……ひとまずはこれで、後継者争いは解決したのでしょうか？」

「ええ。まだ今後も叔父たちの横槍《よこやり》は続くでしょうけれど……義父は法的に効力がある書類を正式に認《したた》めてくれるそうです。王家へ発言力のあるクロイドン公爵家も味方に付くと公言してくださいましたし、今後、親族が何を言ってきてもそれらを盾に突っぱねられます」

「良かった……」

安堵したからなのか、一層身体が重くなる。エイヴリルはだらしないと思いつつ、ソファーの肘掛けに身を預けた。

「横になるのなら、ベッドへどうぞ」

「いいえ、流石にこんなに明るい内から休む気はありません。これからクリスティアン様もますますお忙しくなるでしょうし、私もできるお手伝いをしなければ……」

「休めとは言っていませんよ？」

満面の笑みを彼から向けられ、一瞬時間が停まった。

「え？」

「やっと邪魔者がいなくなったのに、この機会を無駄にするわけがないでしょう」

「邪魔者？　機会？　……きゃっ……」

クリスティアンにソファーの上から抱き上げられ、エイヴリルは部屋の奥へ運ばれた。

そっと下ろされた先は、まだ新品のベッドの上だ。

以前のものと負けず劣らず大きく、寝心地のいいものである。

「あの……？」

「抱かせてください、エイヴリル」

「……！」

直球の誘惑に、胸が高鳴る。

彼の瞳に燻《くす》ぶる渇望の焔で、エイヴリルの体内が甘く騒《ざわ》めいた。

断る理由はない。感じていた疲労感などとっくに吹き飛び、消えていた。

見つめ合ったまま顎を引けば、クリスティアンが嬉しそうに相好を崩す。昔は『何を考えているのか分からない』と思っていたけれど、最近の彼はとても感情表現が豊かだ。

それともエイヴリルが慣れたからこそ、そう思うのだろうか。

――どちらでもいいわ。だってこれは、私だけの特権だもの。

こんなに至近距離で見つめ合うことも、クリスティアンの官能的な姿を目にすることも全部。

他の人にこの権利は譲らない。自分だけのもの。

独占欲丸出しで、エイヴリルは自ら彼にキスをした。

「……積極的ですね。急にどうしましたか？」

「……私はもともと、欲しいものに対して貪欲なんです。それに一度手に入れた宝物は、簡単に手放したくありません」

「奇遇ですね、僕も全く同意見です」

鼻先を擦り合わせ、微笑み合った。

「夫婦って、似るのかしら」

「似ているところがあるから、こんなにも惹かれ合うのかもしれません」

だとしたら嬉しい。

エイヴリルは過去の自分が褒められた人格ではなかったことを痛感している。だから絶対にあの頃に戻りたいとは思わないし、激しく後悔もしていた。

けれどクリスティアンはそういう全部を丸ごと受け止めてくれたのだ。

過ちは過ちとして美化するつもりは毛頭ない。それでも彼が受け入れてくれるなら、エイヴリルはほんの少しだけ昔の己を肯定することができた。

――これから先も一生、誰かに敵意を向けられたり嘲られたりするのかもしれない。それはきっと私が受けるべき罰。きっちり正面から受け止め、反省していこう。

許されても。許されなくても。かつての所業から目を逸らすことだけは絶対にしない。

愛する夫が隣にいてくれるなら、恐れることは何もなかった。

深く口づけを交わしたまま、互いにもどかしく服を脱いでゆく。一度身体を起こせば簡単に脱げるのだが、どうしても離れたくなかった。一瞬も無駄にしたくない。

重ねた肌の心地よさに陶然とし、生まれたままの姿でベッドの上を転がった。

「……何度もこの部屋で抱き合ったのに、何だか新鮮ですね。――欠片ほどですが、叔父に感謝したい気分です」

真新しいベッドの感触を楽しむように彼が言うから、エイヴリルは吹き出した。

「ふふっ……クリスティアン様はやっぱり変わっていますわ」

「そんな僕を愛してくれる、貴女も変わり者です」

彼の大きな掌がエイヴリルの肌に熱を灯してゆく。

脇腹からゆっくり上昇し、乳房を包みこまれた。甘い愉悦がじんわり広がり、全身が熱くなるまでに時間はかからない。睫毛が触れそうなほど顔を寄せあって、吐息が濡れた。

「……愛しています、クリスティアン様……」

「僕も愛しています。こんなに短い言葉なのに、何故伝えるのは難しいのでしょうね……」

口にしただけでは嘘と取られかねない想いは、相手の心に届かせることが難しい。更に同じ感情を返してもらおうとするなら、至難の業だ。

だからこれは奇跡。

得難《えがた》い幸福の中に自分はいるのだと、エイヴリルは改めて思った。

目を閉じて、愛しい伴侶の体温を味わう。こうしているだけでも、うっとりするほど心地い。けれどもっと深く交じわる気持ちよさを知った身体には、あと少し物足りなかった。

「……ぁ……」

胸の頂を擽られ、掻痒感と快楽が掻き立てられる。

エイヴリルが背筋を戦慄かせると、赤く色づいた飾りをクリスティアンに舐められた。

「ん、んん……っ」

乳嘴《にゅうし》を肉厚の舌に転がされ、時折押し込まれる。かと思えば吸い上げられ、掠める硬い歯の感触にも喜悦を煽られた。

「ぁあっ……」

「エイヴリルの肌は、痕がよく映えますね」

また赤い鬱血痕が増やされたのだろう。ちくりとした痛みが乳房の脇に与えられた。

だが慣れてしまったせいか、もう止めてほしいとも思わない。

むしろエイヴリルは刻まれた赤い花を指でなぞり、熱を帯びた吐息を漏らした。

「印を残したいほど、私に執着しているのですか？」

「そうですよ。これでは、他の男に裸を見せるわけにはいかないでしょう？」

「ええ？　そんな予定、これから先もあり得ません」

「勿論、貴女が僕を裏切ると思っていませんし、そんな隙は与えません。けれど理屈ではないんです。狭量で臆病な男だと思いますか？」

今度はエイヴリルの首筋に吸いついた彼が、自嘲をこぼす。

しばらく考えた後、エイヴリルは口を開いた。

「……逆にもっと縛りつけてほしいと願う私は、嫉妬深くて束縛《そくばく》する女でしょうか？　それなら、お似合いだと思いませんか？」

もしも夫婦が相手の性格を受容できなければ悲劇だが、自分たちは違う。

一般的に見れば駄目なところでさえ、魅力に感じてしまうから重傷だった。おそらく、これ以上ないほどピタリと嵌る欠片同士なのだ。

歪な上、尖っているせいで、なかなか他の人とは傷つけ合わず共にいることが難しいけれど、エイヴリルはクリスティアンとなら無理をせず収まっていられる。

一度隙間なく重なり合う歓喜と安心感を知ってしまえば、他所《よそ》に目が行くはずもなかった。

「エイヴリル……！」

しつこいほどキスをして、汗ばみ始めた肌を弄り合う。

エイヴリルの太腿の間に忍びこんだ彼の手は、柔肌の感触を堪能しながら脚の付け根へと移動してきた。

期待で潤んだ蜜口は、微かにクリスティアンの指先が触れただけで、とてつもない快感を呼び覚ます。

もっと触れてとはしたなく乞いそうになり、エイヴリルは慌てて唇を引き結んだ。

「声を聞かせてください」

「ご、ご冗談を……恥ずかしいです」

ホテルに泊まっていた時とは違う。あの時は、他に誰もいないから大胆になれた。

廊下を隔てていて聞こえないとは思うが、同じ階に義両親が休んでいるのだ。しかもこの時間では就寝しているはずがなかった。

「ああ。使用人たちもまだ忙しく動き回っていますものね」

若夫婦と義両親の寝室、執務室と応接間、玄関の修繕を最優先にしたため、他は後回しになっていた。おかげで今日も修理と掃除のために大工と使用人が駆けまわっているのである。

「そ、そうです。だから静かに……」

「ではエイヴリルが大きな声を出さないよう頑張ってください」

「え」

にこやかに微笑んだ彼にガバリと股を開かされ、エイヴリルは悲鳴も上げられず固まった。

下肢には何も身に着けていない。

秘めるべき場所を守ってくれるものは一つもなく、無防備に晒されていた。それどころか股座にクリスティアンの顔が寄せられたのである。

「……っ？」

夜の帳《とばり》の奥ならまだしも、今は明るい昼間だ。それにいつ誰が部屋の前を通るか油断できないのである。慌てたエイヴリルは彼の頭を押しのけようとしたのだが――

「ひ、ぅっ」

鮮烈な快楽に抵抗する力は奪われてしまった。

先ほどまで執拗な口づけを施してくれたクリスティアンの唇と舌が、エイヴリルの秘裂に触れている。それだけでは飽き足らず、花芯を舐め転がされた。

「ぁ、あッ、あ……！」

腰から力が抜けるのに、勝手に手足が踊ってしまうのは何故だろう。

甘い疼きが下腹に溜まり、更に大きなうねりに変わってゆく。

エイヴリルはシーツの上で身悶えながら、懸命に声を噛み殺した。

「んんっ……」

けれど我慢できたのはほんの数秒だけ。彼の舌が隘路に侵入し、クリスティアンの高い鼻梁《びりょう》に淫芽を押し潰されれば、耐えることなど不可能だった。

「ぁああっ……」

自らの口を押えた隙間から、淫猥な声が溢れてしまう。一度漏れてしまえば、後はなし崩しだった。

「ん、ゃ……ぁ、アッ」

ざらついた舌に肉洞を刺激され、淫らな水音が掻き出される。

波打つ腹を撫でられるだけでも、エイヴリルの快楽は膨れ上がっていった。

今や痛いほど硬く充血した花芽は、やや乱暴に扱かれても気持ちがいい。彼に根元から吸い上げられ、甘噛みされ、あっという間に絶頂の階段を駆け上らされた。

「ひ、ぁああ……ッ」

目も眩む法悦に、エイヴリルの口の端から唾液が伝った。睫毛に絡んでいた涙もこぼれ、きっともう顔は酷い有様になっているだろう。

だが拭う余裕もないまま、濡れそぼった入り口に硬いものが押し当てられた。

「……ぁ……」

荒い息の下から漏れた声は期待に満ち、エイヴリルは無意識に腰を蠢かして、『早く』とねだってしまう。

身体の奥からとめどなく蜜が吐き出され、クリスティアンの楔も濡らしてゆく。互いの一部を擦り合わせられるとニチャニチャと卑猥な音が奏でられた。

「も、もう……」

「ええ。僕もそろそろ限界です。今日のエイヴリルは、一際魅力的過ぎます」

「あ、ぁあっ」

長大な質量に貫かれ、エイヴリルの内側が埋め尽くされた。

繋がる瞬間は今でも苦しい。だがそれを上回る充足感と快楽に苦痛はすぐ掻き消される。

自分の内側が貪欲に彼の剛直を締め上げ、放すまいとしていやらしく収縮した。

もっと奥へきてほしい。境目がなくなるくらい、密着したい。

クリスティアンの心と身体は勿論、こぼれる汗も、官能的な声も、切ない視線も全てエイヴリルだけのもの。苛烈な執着は、一度手に入れたことで、尚更強まったのかもしれない。

「んぁっ……ぁ……あ、あ」

視界が大きく上下に揺さ振られる。振り落とされないようエイヴリルが彼の身体にしがみ付けば、ベッドが悲鳴じみた軋みを上げた。

「うあッ、ぁ、あああ……っ」

「エイヴリル……っ」

絡みつく肉壁を掻きむしられ、最奥を抉られた。

肉を打つ音が速度を増す。エイヴリルの太腿がブルブルと震え、再び高みへ押し上げられた。

「駄目、ぁ、アッ、もう……っぁあああっ」

媚肉が窄《すぼ》まる。

二度三度と大きく痙攣したエイヴリルの腹の中に、熱液が注がれた。

火傷《やけど》しそうなほどの迸りが、断続的に胎内を叩く。生々しい感触が指先まで悦楽を行き渡らせた。

「……っ、エイヴリル……」

「あ、ふ……」

耳元で名前を呼ばれた記憶を最後に、エイヴリルは愛しい夫の腕の中で意識を手放した。

エピローグ

「ばあやは何故、私たちを見捨てずにいてくれたの？　正直なところ、あの頃の私は尊大で傲慢などうしようもないお馬鹿さんだったじゃない？」

久し振りに母親に会いにきたエイヴリルは、キーラが淹れてくれたお茶に口をつけた。

郊外の屋敷は小振りだが、どこも掃除が行き届いており、特に庭が素晴らしく整備されている。

使用人たちの数は充分らしく、キーラも身体を酷使することなく穏やかに暮らせているらしい。

「まぁお嬢様……すっかりご自分を客観視できるようになって……」

「否定はしてくれないのね。その通りだから、構わないけれど」

エイヴリルが苦笑交じりに言えば、彼女は笑ってごまかした。

「ほほほ……確かに思うところはありましたが、それでも赤子の頃から私が見守り続けた大事なお嬢様です。あのようにエイヴリル様が成長されたのは、私たちの不甲斐《ふがい》なさが原因でもありますからね。最後までお支えしようと決めたのです。それに、根は素直なことも存じておりました」

五年間、ずっとしてみたかった質問。

けれど答えを聞くのが怖くもあった。

キーラが自分に注いでくれた愛情を疑ってはいないが、義務感や同情、責任感だけが理由だったら寂しいと感じていたからだ。

流石に母の前で聞くのは躊躇われたので、エイヴリルは母が所用で席を立った瞬間に思い切って口にしてみた。

「私を……大事に想ってくれたから……？」

「勿論でございます。幸せになってほしいと、心から願っております。ですから今は、クリスティアン様という安心して託せる方が現れ、心より安堵しております」

「お任せください。必ず僕がエイヴリルを幸せにします」

横に座っていた夫が力強く首肯《しゆこう》し、その場に温かな空気が流れた。

「クリスティアン様……」

「貴女は、こんなにも愛されている人なのですね。僕も一員に加えていただけますか？」

「もうとっくに、そう思っています」

それどころか、エイヴリルを愛し大切にしてくれる筆頭人物だ。きっと彼以上に自分を慈しんでくれる人はいないかもしれない。

そしてエイヴリル自身も、クリスティアンにとってそうでありたかった。

「私、目標はお義父様なのです。心から愛する人と家庭を作り、信頼できる友人も手に入れたいと思っています。今のところ、後者は上手くいっていませんけど……」

「エイヴリルなら、すぐに最高の友が見つかりますよ」

義父はマクレガン伯爵と和解し、最近では頻繁に行き来している。ああいう関係がエイヴリルの憧れだった。

愛し愛される人は手にすることができた。今後の目標は本物の友人を作ることである。

「私、幸せです。旦那様」

「僕もです。愛しい奥様」

これから先も、この幸福を維持するため努力し続けよう。

宝物は壊れやすい。だが守り育てて、新しく作ってゆくこともできる。

エイヴリルはクリスティアンと見つめ合い、互いに微笑み合った。

あとがき

こんにちは。山野辺りりです。

今回のヒロインは、お世辞にも『清く正しいいい子』ではありません。今は改心したとは言え、かつては根性の悪い令嬢でした。それが没落の憂き目にあい、色々あって心を入れ替え逞しく生きていたところに、昔虐めていたヒーローと再会し……というお話です。

ウエハラ蜂様が描いてくださった、性格がきつそうなヒロインが本当に素晴らしくイメージ通りです。本当は案外繊細で気丈なところも表現してくださり、感謝しています。

ヒーローも腹黒そうで格好良く、何て眼福なんでしょう……

今年は未知の病気が世界的に蔓延《まんえん》し大変な中、この本の完成に携わってくださった方々、皆さんに心からお礼申し上げます。ありがとうございます。

勿論、書店員さんや物流を担う方々にも、感謝してもしきれません。

そしてこの本を手に取ってくださった皆様、ありがとうございました。辛いニュースが多い世の中、ほんのひと時でも楽しい気持ちになれますように。

山野辺りり

ガブリエラ文庫

MSG-089

悪役令嬢は没落後、
伯爵の歪んだ溺愛に翻弄される

2020年6月15日　第1刷発行

著　者　山野辺りり　

装　画　ウエハラ蜂

発行人　日向 晶

発　行　株式会社メディアソフト
〒110-0016　東京都台東区台東4-27-5
tel.03-5688-7559　fax.03-5688-3512
http://www.media-soft.biz/

発　売　株式会社三交社
〒110-0016　東京都台東区台東4-20-9　大仙柴田ビル2F
tel.03-5826-4424　fax.03-5826-4425
http://www.sanko-sha.com/

印刷所　中央精版印刷株式会社

山野辺りり先生・ウエハラ蜂先生へのファンレターはこちらへ
〒110-0016　東京都台東区台東4-27-5
(株)メディアソフト ガブリエラ文庫編集部気付 山野辺りり先生・ウエハラ蜂先生宛

ISBN 978-4-8155-2052-6　Printed in JAPAN

ガブリエラ文庫WEBサイト　http://gabriella.media-soft.jp/